昭和の忘れもの

山田千秋
Yamada Chiaki

梓書院

まえがき　―自分のこころとの一期一会―

今日、私たちは他者とのご縁や出会いを一期一会のこころをもって大切にいたしておりますが、日々変わり続ける自分自身のこころとの一期一会もまたそれ以上に大事であろうと思います。悠久の時を持つ大自然は、美しい四季の移ろいを繰り返しますが、人間は、それぞれ限りある時間を費やしながら、一枚一枚こころの暦をめくって生きているからです。

光陰は矢の如し。しかし、その流れをいささかでも豊潤にして穏やかなものに変えてくれるのは、まさに自分のこころとの対話ではないでしょうか。消えゆく時間の中に、自らが人として生きた真の証しと、その美しい残像を、一つひとつこころに刻んでいきたいものです。

私にとって昭和の時代を思い起こすということは、その時代を生きた先人たちが残した数多の意思と尊い声に今一度耳を澄ますことでありますが、それはまさに現在の自分との一期一会の対話に他なりません。自らも生きた戦後の昭和という時代の足跡を、思いつくままに一つずつこころの暦から拾い出し、その映像を現在の自分の生きざまに照らし合わせ、その日常を見つめ直すことができればと日々拙いペンを走らせています。

今般、自分の人生の一つの区切りの時として小誌を上梓いたしましたが、それぞれの拙文に込めた思いはすべて、いたずらに齢を重ねながら些かも物事の本質や未来を見通すに至らない自分のこころとの対話を、思うが儘、感じるが儘に記したものです。多くの先輩諸氏や同時代を生きた方々、またその時代をご存じない若い方々にもどうかご笑読頂き、ご意見、ご示唆など賜ることができましたら筆者にとりましては望外の幸せであります。

平成二十九年　麦秋の候

著　者

昭和の忘れもの／もくじ

2013年 115

2014年 153

2015年 191

2016年 229

装幀：いのうえ しんぢ
本文写真：山田 千秋

昭和の忘れもの

本書は、現在、（株）毎日メディアサービス発行の「サンデー新聞 北九州」に連載中の『昭和の忘れもの』から八十一回分（平成二十二年四月〜二十八年十二月）を抜粋したものであり、一部の字句修正以外は原文のまま掲載しています。

2010年

何もないが故の…明るさ

先の冬季五輪で一躍話題になったカーリング競技を観ていて、思わず苦笑した。どこか見覚えのあるシーンだった。

氷上のオリンピックと路地裏の遊びとの違いはあっても、そのルールも選手の真剣な眼差しも、私たちの子ども時代とまるで同じに思えたのである。もっともあの頃の道具は、ビー玉やその辺に転がっている石や瓦のかけらで充分。ルールもすぐに自分たちで決め、時間を忘れて遊んだものである。それはものがないからこその知恵と工夫であった。

「人生で一番幸運だったことは?」と問われたら、私は迷わず昭和の時代(戦後)に生まれたことだと答えたい。人は皆、数知れない幸運と他者の支えに恵まれながら毎日を生きているものだが、とりわけ、自分の生きてきた時代そのものが歴史的にも稀なる幸福な時代であったことに、今更ながら気付くのである。

戦争という愚かしい悲劇によって何もかも破壊された日本。誰もが貧しく食べるものにも事欠いた時代だが、大きな喪失感や逆転した価値観へのとまどい以上に、そこには澄み切った空の青さばかりが目に染みる、まさに何もないが故の不思議な明るさがあり、「一から、がんばるぞ」という活気が満ち溢れていたと当時の大人たちは言う。

絶えず何かを求め続け獲得してきた戦後の日本。乾いたスポンジが一気に水を吸い取るように、欠乏感がそのまま生きる力となり、豊かさへの欲望が国家の原動力となった。そんな中で生まれ育った私たち（団塊）世代は、既に子どもの頃から自分の未来を自由に描き、夢を現実化する喜びを知り始めていたが、何よりの幸運は、ものがないからこその楽しさとおおらかさを、少年少女時代の豊かな記憶として蓄積していることであろう。

人は長い時を経て、こころの奥に仕舞い込んでいた記憶に触れる時、言い知れぬ喜びや再発見に出会うものだ。誰かに愛されたことや、誰かを愛したことなど人は決して忘れない。その日の雲の白さや太陽の眩しさ、草木の匂いや風の暖かさまで覚えているものである。悩み苦しんだことすら同様で、あらゆる記憶は、時間がもたらす優しさの中で熟成され、やがて穏やかな想い出の宝庫となろう。

しかし、私たちは昭和の時代に何かを置き忘れてきたようだ。

コンピュータや携帯電話のめざましい進化を決して否定するものではないが、使い捨てながらも、ものが溢れ続ける時代に、何もないが故の明るさや楽しさなど存在するのだろうか。

大切な昭和の記憶を単なる思い出として懐かしむにとどまらず、それらが平成の時代に伝えようとしていたはずのものを、今、数十年の時空を超えて一つひとつ探っていきたい。

二十四節気の「穀雨《こくう》」間近、寒のもどりに身震いする。


（2010年4月24日）

草食系は時代へのリベンジか

「車なんかそんなに欲しくない」

「お酒よりスイーツ」

「お金もたくさんは必要ない」

先だって放送されたテレビ番組、「日本のこれから『草食系で何が悪い』（NHK総合、五月六日）」の中の若者たちの声である。

一体どうなってしまったのかとオジサン、オバサンたちが戸惑っている。自分たちの若い時代とまるで違うからだ。昭和の時代までは、草食系男子などという言葉はなかったが、今時は、気が優しく身なりも清潔で、総じて感じのいい男子が多いようだ。それは結構なのだが、「仕事が終わったら早く家に帰りたい」、「出世はしたくない」、「普通が一番」、「努力という言葉は押しつけ的で嫌い」となると少し心配だ。

とうに二十才を過ぎている彼らが、やたら「大人の人たちは……」と繰り返すのも気になるところ。何才からを大人と思っているのか、「あなたもいいかげん大人でしょう」と思ってしまう。

無欲に聞こえる彼らの言い方も、考えてみると、すでに親が全部持っていて、その気になればいつでも手の届くものということなのか。ほどほどに仕事をし、早く自宅に帰って自分の部屋で自分の時間を楽しむ。それ以上は何も望まないなどと言っても、その落ち着ける家も部屋も、結局他者（親）によって保障されているものだとすれば、彼らの言い分は実に子どもじみたものに思えてくる。

番組もここまではまだ笑って観ていたのだが、本当の不安を覚えたのは、無気力にみえる彼らの言葉の裏に、今の時代を作った世代への強い不信と怒りが隠れていることを感じた時である。

「昔は良かった…なんて、今の時代を嘆く大人の皆さんたち、すべてはあなたたち自身が作った社会ですよ」と醒めた目が訴えている。

価値観は時代とともに変化するものとはいえ、若者の上昇志向がここまで後退した時代はかつてなかろう。一体私たちの世代は、子や孫の世代に対し本当に託すべきことを、自分のこころと身体を使って、しっかりと伝えたのであろうか。

私たちは若者を豊かに受け入れるべき社会の器を色々な意味で壊してしまった。責任を忘れた国のリーダーたちも自己保身と選挙のためだけの品のない争いに醜態をさらすばかり。これでは若者たちを導くどころか批判する資格もないであろう。

右肩上がりの経済の終焉は、日本人のこころの成長までも凍結させたのか。未来を描けず、「普通でいい、普通以上のことは望まない」と言う若者たちの言葉はいかにも軟弱に聞こえるが、とんでもない忘れものをしてしまった時代への、彼らの無意識のリベンジのようにも思えてくるのである。

彼らとともに同時代を生きていく大人たちの責任は、今後さらに重くなろう。猛省の時である。

夏の陽気が次第に満ちる「小満《しょうまん》」（二十四節気　五月二十一日）を過ぎると、もう梅雨が近い。

（２０１０年５月２９日）

加減を知る…関わることが生きる証

団扇《うちわ》の風はとても優しい。

しかも、気持ち次第、相手次第で強くも弱くも、どんなにでも「加減」が出来る。エアコンのように細かい温度設定や部屋全体を冷やすことなど出来ないが、その風には、扇ぐ側の気持ちや扇がれる相手との関わり方がそのまま込められ伝わっていく。こればかりはコンピュータ制御の多機能空調でもとうてい無理である。

昼寝している赤ちゃんの顔を見つめながら、そっと団扇で扇ぐ母親の姿は誰の目にも優しさが溢れて見える。少しでも風が強すぎたり、嫌がったりしているのを感じたら、お母さんはすぐ手を止める。たかが団扇の使い方一つとっても、私たちは自分の手と身体と気持ちを使いながら、人とものに対する関わり方の「加減」というものを身に付けていくのである。

今、気遣いが必要な人付き合いをおっくうに思う若い人が増えているという。用事は相手と直接会わないですむ電話で片付け、やがてその電話すら面倒になり、携帯電話やネットでのメールが一番気楽だと聞く。相手の顔も声もそこにはない。感情らしいものの手掛かりはせいぜい絵文字くらい。

相手の爽やかな朝のメッセージを、疲れきった深夜に読み、今この瞬間に伝えたい感動も、相手のひまな時間に読んでもらうことになる。確かに相手を邪魔せず、押し付けもしない。しかしそこでは、同じ時間を共有する喜びもなく、生身の人間同士の気持ちを伝えあう「加減」などまるで身に付かない。

昔、子どもはみんな集まって遊んだ。いじめっ子もいたし、歳の差も大きく、遊びには少し邪魔な小さい子の面倒も見なければならなかった。遊びのルールはみんなで決め、ハンディもつけた。だからルール違反はみんなから罰せられる。仲間はずれは絶対嫌だし、面倒だからもう遊ばないとはいかないから、子どもなりの気働きやけじめのつけ方まで、周りとつきあうこころの「加減」を誰もが覚えていったのである。

そこには大人の援助や介入はない。あるとすれば度を越したいたずらや危険な遊びに至った時だけである。それは地域社会全体がこらしめた。我が子も他人の子もない、地域の子は皆同じである。よその子までも追いかけて叱っていた昔の大人たちを、今の子どもたちはどう思うだろう。「関係ないだろ」と腹を立てるより、「関係ない人なのに、どうして?」と不思議に思うのかもしれない。

最近は「加減」が分からず起こす若者たちの悲劇が多過ぎる。他者と関わることは人が人として生きる証であるが、そこには手軽なマニュアルなどない。

若者には、もっともっと人と関わり、面倒くさがらずにきちんと(?)トラブルにも遭遇し、「手(て)加減」、「心(こころ)加減」を身に付けて欲しいものである。

「夏至」(二十四節気 六月二十一日)は盛夏への入り口だが、日本列島はしばらく梅雨寒の候。


(2010年6月26日)

「もの」も「こころ」も捨てられない

東京・有楽町。出張などのおりによくその界隈を歩く。若い頃の大都会への憧れと、大人のムードを感じさせてくれたこの街の名は私には未だに特別な響きがある。

「♪あなたを待てば雨が降る〜」という歌いだしの『有楽町で逢いましょう』（昭和三十二年、佐伯孝夫詩・吉田正曲）のメロディーは、故フランク永井さんの甘い低音とともに忘れられない。

先日、その有楽町の地下鉄通路の露店で古いテレビドラマのＤＶＤを見かけ、つい「月光仮面・幽霊党の逆襲」と「ハリマオ・アラフラの真珠」の二本を購入した。戦後世代の人なら誰もが知っている漫画映画のヒーローたちである。デジタル時代からすれば紙芝居レベルの画像だが、観てみると実に面白く、つぎは？　このあとは？　と懐かしさを超えて引き込まれてしまった。

ところで、こんなＤＶＤやビデオテープ、書籍、書類、衣類、小物、家具と家中に溢れ続ける「もの」の洪水が今悩ましい。現在では不要のものが大半なのだが、その処分や整理となるとなかなか難しいのである。

書店にならぶ「整理術」の本には、整理とはともかく「捨てること」とある。「もの」が溢れることからくる閉塞感やストレスに触れ、ものを捨てられない性格の罪すら述べられている。

しかし… である。昭和とはある意味で、「もの」への欲望を生きる活力とした時代である。例えば本。確かに本棚は満杯で段ボール詰めが増え続け、私自身も今は置き場に困っている。しかし、若い頃から一冊でも多くの本を持ちたいと思い買い集めてきた。自分なりの学びの証しでもあり、捨てることによる整理などとても馴染めそうにない。

押し入れや倉庫一杯のガラクタも、それはそれで家族の思い出そのものであり歴史である。捨てるにはそれなりの思い切りや決断が必要なのだ。結果、片付けはどうしてもはかどらなくなる。

昭和とは、「もの」を大切にした時代でもある。置き忘れてもいいようにと、百円ショップで買った携帯用雨傘ですら不具合があればまずは自分で修理し、よほど壊れない限り捨てることは出来そうもない。そんな情けない性分も含め、必死で「もの」を求め、真剣に「もの」を創ってきた昭和の「こころ」もまた、そう簡単には捨てきれないのである。

梅雨本番の日曜日、十六年二カ月と二十日間も家族の一員であった我が家の犬を天国に見送った。こころ沈む一日だったが、最後の別れの時、急に雨空に晴れ間がのぞき陽光がさした。それが昇天の道筋のように思われて少し安堵した。

同じ日、世論（?）に追い詰められた大相撲は、史上初めてテレビ中継が中止された。他党の悪口だけに終始する醜さを恥じることもない政治家たちの参議院選挙は、マスコミ誘導のまま夢のない日本をまた露呈した。たまたま有楽町駅前からの選挙報道のテレビ画面を見ながら、昭和のこころのおおらかさが一つひとつ消えつつあるように思えた。

梅雨明けに立ちのぼる積乱雲が豪快な雷雨を呼ぶ「大暑《たいしょ》」（二十四節気　七月二十三日）の候。夏真っ盛り。

（2010年7月24日）

父性原理…ちゃんと叱られていますか

私の子ども時代、学校で先生に叱られても、決して家では言わなかった。なぜなら、「先生から叱られるようなことをしたのか」と、もう一度親に叱られるに決まっていたからである。

子どもやその親たちに対する昔の先生たちの威厳は大したものであった。叱られる時はいつも蛇に睨まれた蛙状態だったが、時には先生の機嫌が悪いだけじゃないかと思ったり、口ごたえしたくなったりもするのだが、いつも先生の想いの方が深く正しかった。厳しい先生や怖い先生はたくさんいた。

言葉遣いや礼儀にやかましく、つい自堕落になりがちな子どもを、自分も泣きながら叱咤激励する先生もいた。日々叱られながら、私たちは本物の優しさに守られていたのである。

ところが最近、運動部でもない限り、高校時代まで先生に叱られたり怒鳴られたりしたことがないという学生がとても多い。皆がお利口さんだったとすればそれまでだが、なんだか変だ。

授業中に居眠りしても怒られなかったなんて、それは優しい先生だったわけではなくて、君が見捨てられていただけじゃないのか、なんてキツイ冗談を言いたくなる。実際、自分が眠っていても授業が進むということは、そういうことなのだから。万が一にも教師と生徒が互いに無関心になり、叱ったり反省したり、怒ったり泣いたりするのを面倒くさがるようになったら一大事であり、悲劇である。

教職課程の授業の中で、先年亡くなった河合隼雄先生（臨床心理学者、一九二八〜二〇〇七）の著書を使うことがあるが、その中に、「父性が鍛えられる時」という節がある。ある中学生が、「あの先生は嫌いだ。自分が悪さしても知らん顔しているから腹が立つ」と言っているのを耳にした先生が、次に彼が悪さした時、思いっきり怒ったら、「あの先生にどやされて、まいっちゃったよ」と嬉しそうな顔をしていたというのである。

自分ではどうにもならないこころのモヤモヤに悩まされる時、見て見ぬふりや生ぬるいニセモノの優しさには、ますます腹が立つものだ。確かに学校でも家庭でも、人の成長には包み込むような母性的な愛が何よりも大切ではあるが、もう一つ不可欠なものが、父性（男性に限らない）のエネルギーである。ウムを言わさず理屈抜きにケジメをつけさせる、いわば切断の愛（父性原理）であり、まず切断すべきは自分自身のもつれてしまったこころの糸である。

子どもが何かを訴え、大人や教師がそれを受け止める。摩擦や誤解が生じても決して怯《ひる》むことなく、本気で他者と関わることが双方の父性を鍛えてくれるのである。そんな生きた学びの場にあって、初めて私たちは本当の自我に気付き、互いに独立した人格として相手と向かい合う姿勢を確立するのである。

だから、もし次代を担う少年・少女たちが人間関係の煩わしさを回避し、その健全な土台づくりを敬遠するようなことになると、私たちの社会はまたたく間に無関心と無気力の霧に覆われることになってしまう。大人たちの舵取りが重大だ。

暑気が止むはずの「処暑《しょしょ》」（八月二十三日）だが、凄まじい猛暑が続く。それでもお盆を過ぎればどこかに秋の気配。見事な日本の四季である。

（2010年8月28日）

競争時代の功罪

戦後世代、特に団塊の世代と呼ばれる私たちは常に人が多かった。私の通った小学校は前年までの学年二クラスが三クラスに、八クラスだった中学校は十クラスになった。受験も就職も遊びすらも、何もかもが競争の時代と言われた世代である。先生たちはいつも、「しっかり勉強して偉い人になりなさい。みんな頑張って、負けないように」と子どもたちを叱咤激励していた。

何に負けないのか、偉い人とはどういう人なのかは別にして、以来、私たちは悔しさと歓びが交錯する競争の時代を生きてきたことになる。しかし、決して急《せか》されることもなく、「大器は晩成する」などと極めておおらかに、大集団である自分たちの世代のパワーや明るさを誰もが感じていた。

しかし、最近はこの競争という言葉が少し嫌われ過ぎている気がする。学業成績の公表や貼り出しなどはともかく、運動会のかけっこですら順位を付けない小学校もあると聞く。

どこか違和感を覚えてしまう。

学校は社会に巣立つまでの様々な障害物競走のシミュレーションの場である。たしかに、競争には勝ち負けがあるから、傷ついたり屈辱感を覚えたりすることも多かろう。しかし、それは同時に達成感や歓びを体験する場でもある。「学校がつらくて嫌だったら、家にいてもいいよ…」と、何事にも子どもに無理をさせない姿勢も、人との関わりや競争を過度に回避させることになると、忍耐力や克己心の成長は見込めなくなってしまう。

少子化の今、あえて競争のもつ真の意味を問いたい。競い合うことで他者の力を知り、自分の力に気付くことは子どもにとって大切な学習であり、そこから得ることも多い。不完全な自尊心に揺れる子ども時代にこそ、競争のもつ正と負のエネルギーをしっかりと身体で覚えるべきなのである。転ばない方法ばかりを探さず、転んだ時の起き上がり方こそを、子どもたちに教えねばならないのである。

パフォーマンス型の国家リーダーによる無責任な改革と、歪《いびつ》な競争原理の推進は、無用な格差を蔓延させ、いつのまにか勤勉な日本人の健全な競争心までもねじ曲げてしまったようだ。かつて明治の世代はその頑固さをつらぬき通し、戦前・戦中派は敗戦という激変の後も自分たちの価値観を捨てなかった。

「昔はこうだった… 自分たちはこう教えられた…」と私たちの耳には少々強引で鬱陶し

くも感じたが、それらは今、貴重な先達の知恵としてしっかりと私たちのこころに生きている。世代間の価値の受け渡しは、社会の発展には欠かせないものである。

さて、戦後の昭和に責任をもつ私たちはどうだろう。平成の時代に対し、自分たちが信じてきた道を真剣に伝えているだろうか。生きた時代が競争の時代なら、競争というものの功罪を、きちんと総括し次代の世に問う義務がある。

「若い人には若い人の好きなようにさせたらいい…時代も違うことだし…」などと、少々物分かりの良過ぎる世代になってはいないだろうか。偽の寛容さで世代の無責任さを隠すわけにはいかない。

秋気澄む青空を望む秋分の日（九月二十三日）。日本人のこころは徐々に秋寂《あきさぶ》の季節に向かう。


（2010年9月25日）

考えるヒント、生きるヒント

しばらく前のことだが、出張用の鞄の中に古い文庫本を一冊入れておいた。昭和の知性を代表する巨人、故 小林秀雄（文芸評論家、一九〇二～一九八三）の『考えるヒント』（文春文庫）である。戦後、昭和の学生でこの批評家の名を知らないものはいないだろう。

三十五年くらい前に買い求めて読んで以来、何十年も自宅の本棚に眠っていたもので、表紙どころかページの中まで茶褐色に日焼けしている。二〇〇ページくらいの短編集であり、懐かしい気持ちも手伝って、行き道のうちに読み終えた。

いつの世も若者とは、常に自分の未来を意識しながら「考えるヒント」を探し求めるものである。そういう意味では、この本のネーミングが当時の学生たちのこころを惹きつけたのも当然であった。出張中の時間つぶしとはいえ、三十数年後に再度読みたいと手にとった理由も、この『考えるヒント』という書名からの誘惑であった。

マンネリ化しそうな日常の思考パターンに対して、自分でも少々不安と不満が溜まり始めていたのである。ところが、ページをめくっているうちに驚いた。はるか昔の自分が「大切だ」と思ったり、「何かひっかかる」ものを感じた箇所に、たくさんの傍線を引いているのだが、それがことごとく、数十年の時を経た今の自分も、やはり傍線を引きたくなる箇所ばかりだったのである。

現在の自分の価値観と同様の感触を、当時の若い自分がすでに持っていたということに、少し感動しながら古い傍線の上に新たな赤い傍線を重ねていった。

若き日の知識や夢が、確実に後年の自分を創るということをあらためて感じたが、十年後、二十年後、三十年後の自分を決めるのは、間違いなく今の自分の知性であり感性である。豊かな人生を目指す者は、必死にものを考え、懸命に「生きるヒント」を探すものである。過去のすべてが今の自分であり、今のすべてが明日の自分そのものであるということを、平成の若者たちに伝えておきたい。

時代もまた同様で、厳格な明治がおおらかな大正と偏狭な軍国昭和を導き出し、解放され伸びやかだった戦後の昭和が、想定外の不安を内包する平成の世を造り出したのである。しかし、それに対処するに十分な「知」を昭和の知性は積み重ねてきているはずである。

昭和はこれらをしっかりと平成に伝えたのだろうか。時代とは、その時代の知を確実に次の時代に受け継がせて初めてその役割を終えるのである。

今、季節は読書の秋。私たちの知性と感性を呼び覚ます読書の力は計り知れない。先人たちの知の結晶である言葉と文字は、「考えるヒント」「生きるヒント」の宝庫である。タレントというにはあまりにも芸のない芸人たちの内輪話や馬鹿騒ぎばかりを垂れ流す、テレビのスイッチをきっぱりと切らせるだけの価値を一冊の本は確実にもっている。

「活字離れ」といわれる平成の若者たちが、日々、種々の難事にこころ痛めながらも、出来る限り何かを考え続ける時間を、読書によって増やしてくれることを大いに期待するところである。

露結んで霜となる二十四節気の「霜降《そうこう》」（十月二十三日）。朝寒、夜寒を感じ始めると、そろそろ冬支度の候。

（2010年10月23日）

雨降って地固まる…　少年時代

パララー、パオーン、ブオーン…

近くの学校から聞こえてくる管楽器の音。ブラスバンド部の新入部員だろうか、体育館や校舎の陰でめいめいの基礎練習をやっているあの音が私は好きである。それは自分の中学・高校時代を思い出させてくれる懐かしい音の記憶だからだ。決して楽しいことばかりではなかったはずだが、今では妙に穏やかで豊かに思えてしまうあの頃の時間をとても懐かしく思い出すのである。

数年前、「リセット症候群」という虚しい言葉がメディアに登場した。「すべてが嫌になった」「何もかもやり直したかった」と自宅に火をつけ、家族までも死に至らせてしまう。こころを凍らせ、パソコンならぬ人生のスイッチを切ろうとする少年少女たちの事件。それぞれのこころの深いところを知ることは出来ないが、人生でおそらく一番楽しい大切な少年時代なのに、いったい彼らの日常や学校生活に豊かな時間はあったのだろうか。

記憶とは不思議なものである。遠く過ぎ去ったはずのこころの在り様を、その頃の季節とともに鮮やかに甦えらせてくれる。今頃だったら、教室に差し込む晩秋の日差し。美術室の油絵具の匂い。桜の落ち葉を集める掃除当番。放課後の運動部のかけ声。学校だけでも記憶の波はとめどもない。干支が一巡する年齢となったせいもあろうが、少年時代の記憶の連鎖になんとも言えない懐かしい映像がフラッシュバックする。

しかし…である。その記憶の背後には未熟な時代の生き様もまた、悲喜こもごもの波となって連なっているのである。大波に小波。荒波も決して少なくなかった。そんな時は確かに人生を「リセット」したくなったものである。そんな場面が何度もあったはずなのに、後年振り返れば、すべてが穏やかな思い出に変わっている。なぜなら人生は絶えず「雨降って地固まる」ことの繰り返しだからである。

今の時代、田んぼのあぜ道までがアスファルトで実感がなくなってしまったが、昭和の道路はまだまだ土埃のたつところが多かった。雨の日はグチャグチャの泥だらけで、晴れればデコボコながらしっかり固まっていた。

人間模様も同様で、ぬかるみに足をとられて倒れても泥をぬぐって立ち上がり、また歩く。「雨降って地固まる」少年時代の経験が、更にまたその後の人生の土台を固めてくれるのである。小さな子どもでさえ、喧嘩の後は仲直りに頭を悩ませ手間をかけてこそ前よりずっと仲良しになる。

人との関わり方までアスファルトの道ばかりでは人生の機微を知る感性は身に着かない。現代は、道路も人のこころも最初からきれいにコンクリートで固めてしまうから、予測も警告もなく突然の雨水が人間を襲うことになるのである。困難や試練などは、やがてはそのすべてが長い人生の中の懐かしい情景の一部となってしまうものである。

平成の若者たちに伝えておきたい。人生のスイッチを切るなど誰にも出来ないし、その必要もないことを…。

二十四節気「小雪《しょうせつ》」（十一月二十二日）。暦の上ではもう初冬。小雨がふと雪にも見えるほどの冷気を感じ始める季節である。


（２０１０年１１月２７日）

人生の出発点…

寒気で雨が雪に変わるという「大雪（十二月七日）」を過ぎ、太陽が北半球から最も遠ざかる「冬至」（十二月二十二日）ともなれば、日本列島は間違いなく冬景色に変わる。しかしこの日を境に再び一日一日と昼が長くなり陽の気が増していく「一陽来復《いちようらいふく》」（中国「易経《えききょう》」）の候でもある。古人はじっと身を縮めつつ、やがてやって来る春を待ったのであろう。

この季節、寒さに向かいながらも、何かしらの暖かさがあり、凍りつく冬の静寂の中に、確実に来春の生命の躍動が潜んでいるのを感じることが出来る。澄み切った冬色の空や、陽光に温む冬田の稲の切り株に、私は自分の人生の始まりの頃を懐かしく思い出す。

襖や障子の隙間を風が吹き抜ける当時の我家に、今のような暖房器具などあるわけもなく、目いっぱい重ね着し、丸火鉢や堀炬燵を囲んで暖をとった。必然的に家族が皆寄り添う形となり、お互いの顔は限りなく近いところにあった。

静かな夜はヤカンの湯がシュンシュンと音をたて、遠くでは犬の遠吠えが聞こえた。餅など焼きながら何を話していたのか、狭い茶の間はとても温かく、時間はゆっくりと流れていた。その穏やかな時空の中で、その後の自分の人生が始まっていたことに、今気付くのである。

大工だった父が練炭火鉢の火に手をかざすと、節くれ立った指には黒い膏薬で塞いだ深いひび割れがいくつもあった。たまに「太なったら（大人になったら）何になるとやろかねー」と言うくらいで、父はいつも笑顔で私を見ているだけだった。大人数の兄弟姉妹の末っ子だからか、ただの一度も叱られた記憶がない。

一方、後半生の数十年を寝たきりで過ごした母は、伏した寝床から「勉強して、えらか（偉い）人にならんといけんよ」と子どもたちの生活姿勢にはとても神経をつかい少々煩《うるさ》い小言を繰り返していた。そんな対照的な両親だったが、その表情や言葉一つひとつの記憶が、自立するまでの自分をずっと支え続けてくれたように思う。もちろん戦後昭和のあの頃なら、どこの家庭でもほとんど似たりよったりの茶の間の風景であったろう。

父母への感謝など照れくさく、二人がともに鬼籍に入り、自分も干支《えと》が一巡する還暦を越えて初めて口にしているのだが、いかほどの孝行も出来なかった悔いも残っている。

親はなぜ敬うべきなのか、恥ずかしながら今頃少し分かる。人は人生の出発点に何か確かなものを持っておかないと、その後の人生を豊かに組み立てることが出来ないのである。まだ親をもつ幸せな人たちは、ほんの少しだけ手間と暇を余分にかけて彼らを笑顔にして欲しい。照れている間に時を逸し、「親孝行、したい時に親はなし…」なんて、とても辛いものである。

「人生を終わりにしたかった…」

昨日また、茨城県取手市で若者による無差別襲撃事件が起こった。一昨年の秋葉原と同じである。やはり「相手は誰でもよかった…」と言う。あの豪放磊落な瀬戸内寂聴尼さえ、「自分が生きてきた時間の中で、今の時代が一番悪い。あのひどい戦争中を含めても…」と現代を嘆く。

親殺し、子殺し、無差別殺傷…加えて「恥の文化」も品格もすでに崩壊寸前。現代日本はいったい何を失ってしまったのだろうか。

（2010年12月25日）

2011 年

昭和の予言… 大恩人「テレビ」への不信

昨年末、昭和の古き良き時代を代表する女優 高峰秀子さんが亡くなった。知性派で知られた彼女は、かつて「名前や顔を知られるようになった人間は、社会に対して責任があります」と言った。ごくあたりまえの社会常識ではあるが、つい好奇の目で見られがちな芸能の世界に生きる者としての厳しい自戒の言葉である。

現在のテレビタレントたちは、この言葉をどう受け止めるのだろうか。芸のない芸人たちのただ目立つための品のないパフォーマンスと、乱暴な言葉の言いっぱなしが画面からあふれている。その映像や言葉が全国の人々の目と耳に届き、未だ情報の正否や善悪の分別が出来ない無数の子どもたちのこころにも焼き付けられていくことが空恐ろしい。

またその芸能人たちの私的な生活を日夜追い掛け回し、あたかも社会的大事件であるかのように解説し、自らを国民の「知る権利」に応えるジャーナリストと錯覚している芸能レポーターたちの異様な表情にも少々寒気を覚える。興味本位の噂話に興じた後、急に深刻な表情に変え、社会問題を報道する司会者たちの姿には可哀そうなくらい営業的なあさましさを感じてしまう。

口汚く罵り合う醜態をさらけ出しても一向に恥じなくなってしまった国政の責任者たちの映像ばかりが繰り返され、事故や事件を商品化したような浅薄な番組に付き合う余裕など、今の日本にはもう残されていない時代のはずである。

大宅壮一氏（一九〇〇～一九七〇）。こちらはかつて昭和を代表した毒舌の社会評論家。彼が五十年も昔に発した、「テレビという最も進歩したマスコミ機関は大衆の喜びそうなものには何にでも食いついていく。そこには価値判断というものがない」という警告が不幸にして的中しつつありはしないか。放送メディアが猛省すべき喫緊のテーマである。

国家の体制、国民の幸福、子どもや若者たちの未来など、現在ではもう後戻りが不可能なくらいの重症であることに、ほとんどの国民は日々の暮らしの中ですでに気付いている。むしろ巨大な力をもつテレビの方が胡坐をかき、この国とその国民の行く末を甘く見ているような気がしてならない。

テレビはまさに昭和の高度成長を象徴するものであった。私たちはテレビとともに生活し、たくさんのものを教えられ、楽しませてもらってきた。しかし今その「大恩人」に対する不安と不信がつのる。前日の番組内容が次の日の全国の噂話を決め、しかも気付けば皆、番組で聞いたコメントと同じことを口走っている。本来知る必要もない他者の人間関係や経歴、人格や癖、財産までを全国民が一瞬にして知った気になってしまう。

一歩間違えば確証なしに人を裁くような「魔女狩り」の過ちを犯しかねないマスコミのもつ恐ろしい力である。私たちはこの怪物の発信するものにはよほど真剣に対峙しない限り、いつのまにか何者かにこころを奪われ、言動をコントロールされていることになるのである。

日本中に寒波。一年中でもっとも寒い季節「大寒《だいかん》」（二十四節気　一月二十二日）に雪が舞い、寒の雨はさらに冷たい。しかし、もうどこかで梅の便り。日本の四季ばかりは相変わらず素晴らしい。

（2011年1月29日）

「断捨離」…モノが捨てられない理由

テレビ番組で「断捨離《だんしゃり》」という奇妙な言葉に出会った。一瞬、仏教語かと思ったが、すでに今流行の言葉のようで、自分とモノとの関係を問い直すことであった。抱え込んでいる不要なモノを「断ち」、「捨て」そこから「離れ」て、空間や時間や気持ちにゆとりをつくり、こころの停滞までも取り除くというのである。

要は余分なモノを思い切って捨てるだけのことなのだが、モノに溢れ、情報に埋没する現代社会の発想であろう。衝動買いなど計画性の無さからくるガラクタの整理に異存はないが、解説に宗教学者まで登場してくるとただごとではない。

番組中、亡くなった両親の遺品を整理し、わずか数点だけを残しその他の一切を「断捨離」する女性が登場したが、故人が大切に保管していた写真やアルバムなどを「不要なモノ」として整理し廃棄する決断には複雑な心境がうかがわれた。

モノが人のこころを苛《さいな》むこの問題は膨大な情報とモノに囲まれている現代人にとっては

今後、大なり小なり誰もが当面することになるのかもしれない。モノの捨て方を教える時代など現代日本はいったいどうなってしまったのか。モノがたまり過ぎて人のこころを傷つけ圧迫するなど昔は考えられなかった。しかし、私自身も職業柄、若い時から一冊でも多くの本が欲しくて買い集めてきた。その結果、自宅でも職場でもその膨大な量の印刷物を前に今呆然としている。捨てることなど心情的に到底出来ず、かといって重要度に応じた取捨選択など気が遠くなりそうで手がつかない。

昭和の世代が受けた「ものを大切に」の教えは、「もったいない」、「いつか何かに使えそう」と簡単にはモノを捨てない発想につながっている。今は「使い捨ての時代」。モノの値段もある意味では安すぎる。百円ショップなど、当たり前だが百円玉一個では絶対に作れないものばかりである。「修理や再利用の工夫より新しいものを買った方がずっと安い」時代の病理なのだろうか。

モノは所詮モノでしかない。「断捨離」もやむをえまい。しかし、モノが捨てられない理由が自分のこころの曖昧さからきている場合はいささか深刻である。モノでも人でも、曖昧な対峙の仕方を続けると自分の想いに自信がもてず必ず大きなストレスとしてこころに纏わりつき、取捨の判断はいよいよ出来なくなってしまうのである。

人は小学校時代のたった一枚の集合写真からでも当時の友だち一人ひとりの面影や一緒

に遊んだ情景を懐かしむことが出来る。いかに深く相手と関わったかがその記憶に光を与えるからである。

デジタル化の時代、現代の子どもたちは生まれたその日から親がその姿をレンズで追い、何十枚、何百枚、いや何千枚もの映像がアッという間に残る。しかし大切なのは自分の子どもの姿をいかにこころでとらえ焼き付けているかである。

人とモノ、人と人、いずれもその熱い関わりさえ連なっていれば、私たちの記憶はいつまでも鮮やかに再生され、本当に不要なモノや停滞するこころの「断捨離」もスムーズに出来ようというものである。

きたるべき農作業のため温んだ水を溜めるという二十四節気の「雨水《うすい》」(二月十九日)。雪の舞う日も重ねながら、春はもうすぐそこまで来ている。

(2011年2月26日)

天災か人災か…　マニュアル時代の恐怖

自然をたたえ、生きものを慈しむための国民の休日と定められた春分の日（二十四節気　三月二十一日）。麗らかな暖春を迎えようとしているこの時節に皮肉にも日本中が大自然の脅威に恐れ慄いている。

東日本大震災の勃発に、私たちはあらためて人為の及ばない巨大なエネルギーを思い知らされた。映像からうかがう津波の恐ろしさやその惨状はとても現実とは思えない。

破壊された町を見ながら老人が呟いていた。「これは夢じゃないんだよな…」絶望的な心情が伝わってくる。数十万人に及ぶ避難所の人たちに無情にも今、真冬なみの冷たい雪が降り注ぎ、死者・行方不明者は二万人を超えようとしている。しかも遺体の収容や行方不明者の救出作業もままならないさなかに原子力発電所の相次ぐ爆発が追い打ちし、放射能の危険が迫る中、見通しのない退避を強いられる人々。日本中が呆然自失の状態である。天災か人災か。近年、平和ボケなどと揶揄《やゆ》され続けてきた日本人も今回ばかりは目を覚まさせられた。

最近は災害に対する危機管理の意識は各所で格段に高まっている。まして原発などというとてつもない危険をはらむ施設についてはその安全性は国家レベルでの保証付きのはずである。しかし完備されているという安全マニュアルも、機械設備と同様、それを使いこなす人間の対応力があってこそのものである。人間関係にまでマニュアルが必要といわれる現代社会の脆弱さを嘲笑うような今回の大惨事である。

事故対応の様子を見るに、原発の安全神話などとっくの昔の幻想で、原発誘致に不安を覚えていた地域住民の直感の方が正しかったようだ。絶対的な安全性を唱え、なかば強引に国が設置した経緯からすれば、「想定外」の事態などという弁明はとても許されるものではない。

思えば戦後の昭和は、戦災による焦土からの日本再生の力でスタートし、ずっとその延長線上にあった。目覚ましい復興の過程は世界中の人々が認めるところであるが、初心の謙虚さはいつのまにか忘れられ、やがて高度成長期に入ると、もう自信みなぎる世界有数の経済大国になっていた。

時代の変化を見据えた国策や真の豊かさへの意識変革もないままに数十年、いつのまにか経済は傾き、人心は荒《すさ》み、今、就職難の若者たちには未来が見えてこない。国の未来を託す政治の世界はというと… 党利党略の争いばかり。そういえばこの巨大地震発生の第一報も、醜い罵り合いと不毛な足の引っ張り合いをさらけ出す国会中継のさなかであった。

しかし… この惨事の中にも日本の希望を見た。市民を助けようと走り回り濁流に向って命を落とした町役の方々や若者たちの尊い行動に、命ある身が申し訳ないと涙ながらに手を合わせる人たち。夫と息子を亡くしたばかりの女性が「孫だけは残していただきました」と絶望の中にも感謝の言葉を口にする。

「命さえあれば、みんなと協力して頑張れる」となんとか笑顔をつくろうとする被災者たちの姿には人間の強さとともに神々しさすら感じる。日本中の若者たちも口々に「自分に出来ることをしたい」という。

戦後の焼け跡から復活した日本人の底力は平成の今も間違いなく生きている。

（2011年3月26日）

二つの「原子力空母」… 天災と人災 II

「ありがとうトモダチ作戦… 米軍原子力空母が任務終了」

こんな見出しが新聞やネット上に登場した。東日本大震災の被災地を支援するアメリカ海軍第七艦隊による「トモダチ作戦」の海上拠点であった空母ロナルド・レーガン号の任務終了のニュースである。

救援物資を運び被災者を激励する米軍兵士たちに涙を浮かべてその手を握る被災者たちの姿がメディアに流れた。世界各国からの「頑張れニッポン」のエールの中、「命懸けの任務を誇りに思う」と高揚した気持ちで懸命に活動する米兵の頼もしい姿を見て、国や主義・思想を超えた人間同士のこころの交流の素晴らしさに感動した人も多かったであろう。

時をさかのぼって昭和四十三年。高度経済成長期の日本は、「昭和元禄」などと揶揄されたいわば天下泰平の時代。しかし同盟国アメリカはベトナム戦争の真っただ中。

そんな時、米軍原子力空母エンタープライズ号が長崎県佐世保港に入港するというニュースが流れた。時を置かず全国各地で寄港反対のデモ。アンポ（アメリカとの安全保障条約）反対やベトナム戦争反対など、当時の若者たちの政治への関心度は高く、平和運動や社会制度の改革を求める活動などスチューデント・パワーといわれた闘争が全国各地で繰り広げられていた。まして原子力戦艦の寄港などということになれば日本中が騒然となった。「全学連（全日本学生自治会連合）が機動隊と衝突、学生××人逮捕、××人が重軽傷」などというニュースがしばしば報道された時代である。

この翌年、日本はGNP世界第二位となり、人類は月面に立った。

今、ことの是非を問うことは難しいが、時代と人心は変わってしまったのだろうか。二発の原爆からスタートした戦後日本は核への恐怖とアレルギーを大切にしていた。しかし経済成長を支える電力需要はやがて原子力利用に足を踏み入れ茨城県東海村に最初の原発を誕生させた。以来、現在この地震国の海岸地帯には実に五十二基の原発が在る。私たちは日常の便利さに麻痺し原子力に対する拒否反応もいつのまにか薄れていたようだ。

そして今、天災と人災とが起こるべくして起こった。今回の大地震（大津波）と原発事故は連動はしているが、内包する恐怖は全く別の次元の事象であることを忘れてはならない。

今、日本中の若者たちが口々に、「自分に出来ることをしたい」と言う。彼らのボランティア精神とその優しさの連鎖は必ず未来の日本を支えるに違いない。しかし「二つの空母」を見た世代の人間として、あえて彼らに一つ注文したい。その穏やかな真面目さに加えて、怒るこころを少しばかり余分に持って欲しい。

これから生きていく自分たち自身の時代のために、地球の平和を脅かし、国や家族を脅かす理不尽な事象に対して断固として怒る姿勢を求めたいのである。現状を引き起こしてしまった先輩世代たちの足跡と功罪をしっかりと検証しながら…。

教職にある者にとって新学期の歓びは格別なものである。新しい学生たちとの出会いに想いを馳せ、様々な期待と不安が駆け巡る。しかし今年ばかりは、新学期を迎えることの出来なかった大勢の若者や子どもたちのことを思わずにはいられない。

二十四節気の「穀雨《こくう》」(四月二十日)。穀物を育てるはずの春の雨も被災地の慈雨とはなりそうもない。

(2011年4月23日)

学校に戻れなかった子どもたち

竜、村井、亀崎、末松、そして池末、田中、麻生。

小学一年生から中学三年生までの私を担任して頂いた先生方のお名前である。五十年も昔の先生でも、即座に名前と顔が浮かんでくる。優しかった先生、怖かった先生。時には嫌いだと思うこともあった。もう亡くなられた先生もいらっしゃるが、思えばみんな「いい先生」ばかりだった。

幼稚園に行かなかった私にとって、初めての「学校の先生」は、小学校入学時の担任だった竜先生。自分が叱られていることにも気付かない程、本当に優しいおばあちゃん先生だった。学校に慣れてきた頃、礼儀と言葉遣いについて初めて人前で叱られた村井先生は、ほのかな恋心すら浮かべてしまいそうな若い美人先生だった。

子どもながらに人間関係の難しさを感じていた頃、小学生の私たちを相手に自分も泣きながら本気でいじめっ子を叱り、こころの健康を必死で教えてくれた亀崎先生。突き放されたように感じた小学六年時の担任、末松先生は、私にとっては初めての男性の先生。それまでとは違う少し距離をおいた接し方や、男同士のゴツイ叱られ方を経験した。

中学校への入学早々、小学校の「お勉強」から学問・研究という考え方を求められ少し大人になった気分にさせられた池末先生とは、天体望遠鏡で真夏の夜空を眺めながら先生の解説に時間を忘れた。ついハサミを刃先から渡した手をピシャリと叩かれた田中先生には、言葉や文字のもつ意味の深さや文学への興味を植え付けられた。卒業した後も一番褒めてもらいたかった怖い、怖い女先生だった。

大きな兄貴のようだった麻生先生が中学卒業時の担任で、放課後の運動場で先生のバイクを運転させてもらったりした。心臓を手術された奥さんの胸にはペース・メーカが埋められていたが、自宅で手料理をご馳走になった時のお二人の明るい笑顔は今も忘れない。

いっぱい教えてもらい、いっぱい叱られてきたが、振り返ればみんないい先生ばかりであった。そんな先生方に導かれ、多くの大人たちによってしっかりと守られていた私たちの子ども時代。もし昭和の時代を生きた幸福は何かと問われたら、私はまよわず「おおらかな子ども時代を生きられたこと」と答えたい。

人生のどの時代にも代えがたい少年少女時代の素晴らしさ。東日本大震災で亡くなった小学生や中学生の多さを知る時、家族の元にも、先生や友だちのいる学校にも戻れないまま旅立った彼らの無念さはとても言葉にならない。彼らが生きられなかったその時間を元気に生かしてもらった自分たちの幸福を今更ながら知る思いである。

彼らに対する申し訳なさを感じつつもあの時代の懐かしい思い出が今いくつも浮かんでくる。

立夏が過ぎ陽気盛んにして農事の見通しもたつ二十四節気の「小満《しょうまん》」(五月二十一日)。田に水を引き田植えの準備も万端、少しは安堵の気分も味わえるはずの季節だが、原発汚染も加わる被災地にとっての一安心は程遠い。「がんばれ東北」の大きな声を届けたい。

(2011年5月28日)

日本人の言葉と表情

モノレールの座席でウトウトしていたら、学生らしい女性が数人乗車してきた。私の座席の前に吊皮をもって立った彼女たちは楽しげにお喋りを始めた。

「あれって、ちょっと笑ってしまうけど、けっこうカッコいいよね」

「真似してみたらなんとなく品が良くなったみたいで、その気になるもんね」

「ハマりそう」などと盛り上がっていた。

話題は現在テレビ放送中の人気ドラマ「おひさま」（ＮＨＫ）の登場人物たちの話し方のことだった。ヒロインや語り手をはじめ、劇中のほとんどが極めて丁寧な言葉遣いであり、古き昭和、戦前・戦中のこととはいえ家族同士、友人同士ですら敬語をつかう話し方は、現代からみれば少々違和感があるかもしれないが、耳に心地よい言葉の響きは、聞いている誰もが感じるもののようだ。

古代日本では人の口から言葉が発せられると、その内容が現実化すると信じられていた。

言葉に内在する霊力を信じる言魂《ことだま》信仰である。以来、日本には世界にも類を見ないほどの彩りと綾のある美しい言葉文化が育った。言葉はその人の「心の使者」であり、こころに思っていることは自然に言葉として出てしまうものであるから、人の内面の豊かさや品位を表わすものとして慎重に扱ったのである。

自分たちの内輪話で大騒ぎし、受けを狙うだけの芸のないタレントたちや、それを承知であおる一部のメディア人によって日々放出される乱暴な言葉の波は、今日の日本人のこころの背景までも破壊し始めているように思えてくる。

さらに深刻なのは、連日映し出される政治家たちの表情があまりにも悪すぎることだ。わが国のリーダーであり、国家の顔ともいうべき人たちである。かつての日本の政治史でも権謀術数をめぐらす権力闘争や激しい政治論争は多々あったろう。しかし、幼稚とも思えるほどの品の無さをメディアに露呈して恥じない（気付かない）政治家たちは今ほどにはいなかった。他党攻撃には感情が顔に溢れだし、言葉尻を捕まえ、嫌みの限りを尽くして相手を罵る表情は見るに堪えず、言葉は聞くに堪えない。

言葉と表情は表裏一体であり、人格をも窺わせる。しかも悲劇は、その言動の醜さや軽さを国民の皆に見られてしまっているところにもある。この無様な状況を許している私たち国民の責任も決して軽くはない。彼らを含め、昭和を生きてきた私たちはいったい何を失ってしまったのだろうか。
古来、言葉を大切にしてきた日本人は、言葉をつかう時と場、適切な状況などには特に細心の神経を遣ったものである。日本の豊かな精神風土が凝縮している一つひとつの言葉には、時代の世相や生活、季節の風物など人それぞれのこころの原風景が秘められているものであり、表情をもっている。だからこそ人はその使い方には真摯に向かい合ってきたのである。
未来を生きる子どもたちや若者に対し、残すべき言葉や生き様について本気で自問、自戒しなければならない、今が瀬戸際の時かもしれない。

青葉が陽光に浮き立つ季節、暑い夏への架け橋をつとめる花々が咲き誇っている。可憐なアヤメ、秀麗な杜若、雄々しい花菖蒲。これらの花たちが梅雨空にその気品ある紫を競う。古代紫や江戸紫の花びらがすべて大地に帰る頃、天空に「夏至《げし》」（二十四節気 六月二十二日）が近づく。

（2011年6月25日）

闘魂と感謝

女子サッカー「なでしこジャパン」がW杯で世界一のヒロインになった。実績、体力、技術、いずれも大差という前評判をくつがえす快挙である。何度もピンチを切り抜ける粘りと気迫が劇的なファインプレーを生む。日本代表として十七年、あきらめなかった夢の実現に興奮さめやらぬMVP沢穂希主将の感激の声が現地から届いてきた。

しかし、感じ入るのはその喜びの言葉のあとに「大震災や原発事故で日本中が大変な時にサッカーをやらせてもらっていることに感謝したい」と被災者の方々を気遣う言葉がごく自然に口に出ることである。他の選手たちのコメントも仲間や周りの人々への感謝にあふれている。やるべきことをやり、耐えるべきことを耐えてきた人たちの言葉はあくまでも謙虚で、さわやかな響きを持って私たちのこころに入ってくる。

すでに半世紀近くの時を経た昭和三十九年の東京オリンピック。女子の団体球技で初の世界一となった女子バレー「東洋の魔女」たちの金メダルを思い出す。

彼女たちもまた日本を背負い、大型選手ばかりの旧ソ連（ロシア）に対し驚異の回転レシーブを駆使し一歩もひるまず戦った。その雄姿は日本中の人々をテレビの前に釘づけにしたが、河西昌枝主将は「師匠の鬼監督への恩返しのつもりで、そびえ立つ世界の壁に対して真っ向から立ち向かって戦いました」と胸を張りながらも国民の応援に感謝する姿はとても謙虚で女性らしかった。

今回の大震災に自らも遭遇したという彼女は災害の大きさを知った時、「日本人は逆境に強い民族だから大丈夫です。何くそ精神があるのです」と語った。これもまた世界を制した人の言葉であろう。昭和の魔女も平成のヒロインも日本女性〈大和なでしこ〉のDNAは一緒のようだ。

昔からスポーツの名選手はコメントが上手だといわれる。これは決して場馴れしているとか、タレント性があるなどという理由からではない。彼らは話すべきことをしっかりとこころの中に持っているのである。そこに至るまでの過程で必死に積み重ねてきたものが自然と素敵な言葉として湧きでてくるのである。

一流になるほど言葉は丁寧になり、姿勢が謙虚になるのはそのためである。感謝の言葉も、日常の周囲への真摯な意識の積み重ねがなければ、いくら話術の訓練をしたところで、人のこころに届く言葉とはならない。

なでしこジャパン凱旋の日、郷土の大関魁皇が引退した。昭和生まれだが平成の二十三年間に史上最多一〇四七勝の記録を残した彼は、誰よりもファンに愛されたお相撲さんであった。ひたすらに励み、戦い続けた彼もまた、「言葉に出来ないほどすべての人への感謝でいっぱい。魁皇としての人生は最高でした」と万感の言葉を残した。

先日、懐かしさから昭和四十年代の漫画「あしたのジョー」の実写版新作映画を観たが、「ジョー、今日何をするかが明日を決めるんだぞ」と叫ぶ老トレーナー、段平おやじの言葉が、今の時代には妙に新鮮に思えてくる。

七月二十三日、二十四節気の「大暑《たいしょ》」。入道雲に蝉の声。一斉に鳴き出す蝉の声は、なるほど降りそそぐ雨音にも思える「蝉時雨」である。喧噪の中にも静寂をとらえる、これもまた繊細なる日本人の言葉である（昭和の映像電波《アナログ放送》が、明日その姿を消す）。

（2011年7月30日）

世代の務め… 親から子へ渡すもの

以前、船舶事故で右腕を失くした学生に出会ったことがある。「オレ、親父に憧れて、中学出てすぐ船乗りになったんだ。その時にね…」と義手を見せながら話すその眼元は涼しく、実に爽やかな若者だった。授業をしながら動かない右手が気にかかる私のこころを察知し、気遣いは無用と自分から声をかけてくれたのである。言葉を探している私に、「…気にしてもらって嬉しいスよ… でも片腕が無いのを逆にカッコよく見せようと工夫してるんだけどなー」と笑った。後で聞くと父親にそう教えられたらしい。

絶望の淵にいる我が子を救おうとする父親の強いこころと、それをしっかり受けとめた息子の度量を感じた。思春期の若者には無理を承知の、酷な、しかし尊い親の愛であったろう。少年が憧れたという父親の仕事姿がかすかに浮かんだ気がした。利かない左手で書く少々不揃いな文字とその笑顔が今でも目に映る。教師とは教え子にいつも教えられるものだ。

私の父は大工であった。間違いなくそのせいだと思うが、私は「道具」が好きである。日曜大工に鉋や靴の手入れ、絵画・彫刻から趣味の遊具や文具まで。時計なら機械式。ネジを巻かないと一〜二日で止まってしまう手のかかるやつだが何年に一秒も狂わない電波時計よりもずっといい。この原稿を書いている万年筆もインクが切れそうだが、ボトルは職場のデスクの中…と、少々不便でもやはり手放せない。少しばかり囲碁を嗜むが、美しい碁盤・碁石なら何時間見ていても飽きることはない。

もちろんどんな世界でも完成した作品は素晴らしい。しかしそれを創り出す道具の方にも私は心惹かれてしまう。職人の技を支える魂のこもった道具は手に持つだけでその不思議な重みと美しさに魅せられる。私はこの性分を父からもらった掛け替えのない遺産だと思っている。

六人兄弟姉妹の末っ子の私にはいつも笑顔をみせるだけで、幸か不幸か生涯一度も叱られた覚えのない優しい父であった。その手元から魔法のように巻き上がる鉋クズは、幼い私の目には天女の羽衣のように薄く透き通っていて、仕事場には香ばしい木の匂いが漂った。鉋《かんな》と鑿《のみ》と鋸《のこぎり》で五十年以上も木材と格闘し続けた父の身体は、私が成人した頃にはすでに老い、手足の皮膚は硬くひび割れだらけであったが、顔は相変わらず穏やかで手入れされた大工道具はいつも黒光りしていた。ついに父に大工仕事を習うことはなかったが、私もまた、父親の仕事姿から生涯の糧をもらったと思っている。

日本の夏は家族や祖先を思うにいい季節である。都会で気ままに暮らす若者たちもお盆の数日間を故郷で過ごせば「おかあさん、ご飯まだ?」と子ども時代にかえってしまう。若い親が連れ帰る幼子たちは祖父母に迎えられ、意味は分からずとも仏壇に手を合わせ、掲げられた先祖の写真を不思議そうに眺めるであろう。

世代から世代へと受け継がれていく日本人のこころの営みは尊い。明治・大正の世代に育てられ昭和を生きた私たちは、平成を生きる若者たちに何を残せるのだろうか。残された時間など考えもつかない若さの素晴らしさが彼らの特権だとすれば、与えられた時間を真摯に意識し大切に生きる熟年期の素晴らしさもまた彼らに知ってもらうことが私たちの務めかもしれない。

八月尽《はちがつじん》…暦通りにはいかないが、暑さ処む「処暑《しょしょ》」(二十四節気　八月二十三日)を過ぎれば秋近し。


(2011年8月27日)

友人…時を超える絆

伝説の画家、青木繁（一八八二～一九一一）の「没後百年大回顧展」（ブリジストン美術館 東京）を訪ねた。美術史上有名な「海の幸」や「わだつみのいろこの宮」などの作品が展示されているせいか来場者で溢れていた。画集と伝記を買い帰路についたが、今回の私の関心は作品よりもその背景にある人間模様にあった。

悲劇の放浪を続けた彼の逸話はいずれも凄まじいが、同じ画家としての血潮を交えた坂本繁二郎（一八八二～一九六九）との友情と確執に、若き日に関わる人間同士の重さを思った。惹かれながらも互いを疎んじ、嫉妬しながら激励し合い、憎み合いながらも頼り合う。共に筑後平野の農村（久留米市）に生まれ育つが、画風のみならず幼少時より人生観を大きく異にする二人は、それぞれの天命と格闘しつつ、青木は二十八才の若さで世を去り、坂本は八十七才の天寿を全うした。重なる時間は短くとも、片方の死後もなお続いた友人という絆の篤さに感動する。

思い出しては会いたいと思い、そのまま時が過ぎて…　また思い出す。そんな同郷の友人が私にもいる。友人と書いたが、今もそう呼ばせてもらえるか自信はない。なにせ三十年近いブランクがある。ＴＭ君は大川市、私は柳川市と私たちの故郷も先の画家たちと同じ筑後の田舎町である。高校で出会い同じ大学に学んだ。

団塊の世代といわれる私たちの青春時代は日本中が学生運動の渦の中にあり、ベトナム戦争反対や大学紛争で、学生デモ隊と警察機動隊との衝突などが連日テレビに映し出されていた。一方、企業戦士が支える経済は「いざなぎ景気」であり、世はまさに「昭和元禄」であった。広場や街角にはフォークソングに声をからす若者が集まり、確かな未来は見えなくとも、自由を謳歌し、「神田川」（一九七三、かぐや姫）の歌詞そのままに「若かったあの頃…　何も怖くなかった…」時代である。

やがて就職の時期、私は新聞社を希望したが叶わず、教員の道を選んだ。中高時代より秀才のＴＭ君は大学教員の道を考えていたように思うが、混乱期の大学に彼の求める研究の場は見つからず新聞記者となった。二人の道は逆になり、そのほろ苦いスタートを二人で悲しく笑ったことを思い出す。

しかしそれぞれ社会での軸足が定まると、私は自分の日常にかまけ、音信無しの不義理を続けるうち徐々に疎遠になってしまった。彼から最後に受け取った手紙が今も机の引き出しにある。何度見ても、後悔で嫌気がさす。中には『君は今どうしているのだろうか。心配しています』と友を気遣う言葉と、繊細な表情をした記者姿の写真が同封されている。

本人は想像もしていないだろうが、TM君の存在なくして今の自分はなかったと私は思っている。同時代の苦悶と葛藤、時には歓喜の交差を共有した若き日の友人とは、時を超えても自分のアイデンティティそのものであり人生の原風景なのである。彼も同じような思いを書いてくれていたが、街中で彼に似た風貌の人を見かければ駆け寄って顔を覗き込んだりもした。だったらすぐにでも会いに行けばと笑われそうだが、馬鹿げたことに昔の恋人にでも会うような妙なためらいがあって、そのまま時が過ぎてしまった。

最近伝え聞いた消息では、数年来体調を崩し療養中らしい。遅まきながら長い無沙汰を詫びに行こうと思っている…。

「秋分」(二十四節気　九月二十三日)。この日を境に、落日は釣瓶を落とす早さとなる。

(2011年9月24日)

記憶…幼き日を思い出せる幸せ

稲田から新藁の匂いが消え、あちこちの庭先で香り、秋本番を告げた金木犀が、わずか一週間足らずでその黄色の花をすべて地に落とした。これを境にすべての草木の光彩はぐっと秋色に落ち着き、里山の空と雲と風がすっかりそのトーンを変えてしまう。四季の移ろいはまるで楽曲の変調のようである。やがて「霜降《そうこう》」（二十四節気　十月二十四日）ともなると朝寒、夜寒の候が近づき、早い朝なら吐息も白くなる。和らいだ陽射しが縁側に深く差し込み、障子の紙を暖める頃、日本人のこころは早や冬仕度に向かう。秋はまさに冬隣である。

この季節、きまって思い出すのは同郷（柳川）の詩人北原白秋（一八八五年～一九四二年）である。奔放にして繊細な感性が人と自然との素朴な融合を珠玉の言葉に昇華させた。白秋のその懐かしい言葉と四季の描写に同じ風土で育った自分のＤＮＡが反応するからである。白秋の生家は自分の遊び場の近くだったし、母校の校歌の作詞者でもある。この偉大な文人の命日（十一月二日）は『白秋祭』として今も郷土の秋の行事であり、地元の小学校では発表歌の練習に熱が入っている頃である。その巻頭言が遺稿となった写真詩集（『水の構図』北原白秋・田中善徳著、一九四三年）を開くと、幼い頃遊んだ川や路地や寺社などが古里の土と水と光の輝きの中で鮮やかに蘇る。写真の中の子どもの姿も昔の自分そっくりである。まさに風光る筑後平野に育った天真爛漫な青年白秋は自分を慈しみ育んでくれた風土への郷愁を詩集『思い出』に詠い、詩人としてのスタートをきったが、人生の最後にもまた、産土《うぶすな》への限りない想いを溢れさせた。記憶の中の遠い過去が老年のこころに豊かに再現される喜びと切なさが伝わってくる。

——裸足には小砂ざらつく絵馬殿に幼なかりける子ら遊びにき——

（「大神宮」の写真に添えて）

神社はいつも子どもたちの遊び場だった。私たちも絵の具の剥がれかかった武者絵や合戦図の板絵が鴨居に架かった絵馬殿にあがり込み走り回って遊んだものである。ひんやりとした板張りの床や足裏にざらつく砂ぼこりの感触は田舎で育った者なら誰もが覚えていよう。時を超え、いくらでも蘇る人間の記憶とは実に不可思議なものである。こころの中では現実との境すらない。

南米アンデスの信仰では、大切な人の死を受け止めるには、その人の姿をしっかりと記憶に刻み込めと教える。自分の記憶に留まるかぎり、自在に再現出来るその人の存在は永遠に実在するのと同じと考えるからである。

ところで昨日また一人の少女の自殺が報じられた。親が子の命をもてあそび、子が親の命を奪う地獄も今の世の現実であるが、一人こころを凍らせ自ら命を絶つ子どもの闇はさらに痛々しい。人生に絶望するのがあまりにも早すぎることを大人たちは命がけで彼らに伝えねばならない。

「今日という日は、残りの人生の第一日目である…」という先人の言葉もある。挫折や後悔や傷心に苛まれながらも、今日がこれからの自分を慈しむかけがえのない時間の第一日目であるのなら、やり直しもまた楽しいことを教えねばならない。幼き日の記憶をたどる喜びも知らずに終わる人生など虚しすぎる。

白秋の詩集をめくりながら、昭和という時代に生まれ育ち、今、平成の世に生きる自分が、幼き日の昭和を思い出せる幸せを感じている。自分を慈しみ育んでくれた時代と風土は永遠に私たちの母なる産土だからである。

（2011年10月22日）

カナリヤが騒いでいる

大分県豊後高田市にある「昭和の町」を訪ねた。昭和三十年代の日本を再現した街で、先年ヒットした映画「ＡＬＷＡＹＳ 三丁目の夕日」の世界である。戦後昭和の復興期を示す家具や自動車、鉄腕アトムや鉄人28号などの人気キャラクターの漫画やおもちゃの数々が、所せましと集められている。娯楽の中心であった映画のポスターも各社各様で、懐かしく見て回りながら、今では笑われてしまいそうなエピソードを思い出した。

吉永小百合さんや浜田光夫さんらの青春路線や、石原裕次郎、小林旭、宍戸錠、二谷英明さんといったアクションスターの面々に、浅丘ルリ子、芦川いづみ、松原智恵子さんら華麗な女優さんたちがからむ大人の恋愛ものを展開していたのが当時の「日活」映画だった。

テレビもさほど普及していなかった時代のことである。日活映画の特徴で、ラブシーンなどが多かったせいもあろうが、学校のＨＲの時間では、「あんな映画を観ると不良になるぞ…」「映画館の看板の前は出来るだけ急いで通過するように」などと、先生からのまじめな(?)注意があったことを思い出す(もちろんそんなことに生徒が従うわけもなかったのだが…)。今では笑い話にすぎない純情さであるが、あの頃は、映像やメディアの持つ子どもへの影響力の大きさに、社会全体が、そのくらい神経を遣っていたということである。

現在はどうであろう。放出され続けるテレビ映像の実態は、もう、やりっぱなしとしかいいようがない。社会問題や教育問題を、キャスターや評論家が深刻な顔をしていかに怒ってみせても、コマーシャルを挟んだとたん…誰が不倫だ、離婚だと追っかけまわした噂話を得意げに話す、およそ芸能とは無縁の「芸能リポーター」たち。

何を勘違いしてか、報道する責任だと言わんばかりの高い目線の傲慢さが目立つ。芸のない芸人たちの粗雑で乱暴な言葉が飛び交い、一方、そんなタレント並みにしか扱われない軽い政治家たち。こんな映像ばかりに慣れてしまった子どもたちが、これが普通だと思いはじめたら、大変である。ましてや彼らの年収が数億円を超える成功者だということになると、もう子どもたちへの説明はつかなくなってしまう。ザルで水をすくうより始末が悪いテレビ報道の実態である。

何が善で、何が悪なのかが分かりにくいのが現代の世相ではある。例を引くのも迷うほど、日々、「なぜ?」「どうして?」と絶句してしまう事件の連続だが、いずれも現代人のこころの荒廃を感じさせるものばかりである。人それぞれのこころの中に、今よりも少しでも良き時代の記憶があり、その頃にはあたりまえに存在していたはずのものが今消えつつあるとするならば、私たちは日常の社会現象に対し、もっとしっかり目を見開かねばならない。

昔、炭鉱夫たちは、危険な毒ガスを人間より早く感知するというカナリヤを籠に入れて坑道に入ったという。目を覆い、耳を塞ぎたくなる現代の出来事は、神さまが送ったカナリヤたちが、愚かな現代人に危機を知らせるために必死で咽喉を嗄らし、羽根をバタつかせている姿に違いない。

二十四節気の「小雪」(十一月二十三日)。暦の上ではもはや冬なのであるが、寒さ、未だ深からず、雪、未だ大ならずの候である。厳冬に向かう前に、小春日和などという可憐な名をいただくおだやかな日もあるこの季節、日本の四季の演出は、実に心憎い。

(2011年11月26日)

無主物… 面の皮が厚すぎる

一瞬意味が分からず、そのあと呆れてしまった…ある新聞記事（朝日 平成二十三年十一月二十四日「プロメテウスの罠」）。使い慣れない言葉だが、所有者のいないもののことを「無主物」というらしい。

日本中に未曽有の恐怖を与えて未だに収拾の見込みがたたない福島原発事故。飛散した放射性物質が、東北ばかりでなく関東に至る住民の不安を募らせているが、その除染作業についての奇妙な（?・）裁判の記事であった。原発事故を起こした電力会社の言い分はいささか「面の皮が厚すぎる」のではと驚いてしまう。一旦空中に放出されてしまった放射性物質はすでに無主物であって自分たちのものではないから除染などの義務はないとの主張である。法的なことはよく分からないが、裁判所もそれを認めたという。大企業の苦しい弁明だとは思われるが、こんな裁判をしている日本国の現実に心寂しくなる。

先日、大阪に出張して少し驚いたことがある。夕食時に同僚と駅周辺を歩いたが、禁煙、分煙を実施している飲食店が見つからないのである。探し回った地下街は結局すべて分煙はやっていないとのことであった。雑踏の中、最近では東京でも地元北九州でも少なくなった歩きタバコもたくさん見かける。逆に大阪市民の持つ元気の良さに思えなくもないが、今時の世情を考えると少なからず違和感を覚えた。数年前まで人一倍のヘビースモーカーで周りに迷惑をかけていた私が言うのも、まさにいい面の皮であるが、今やタバコの煙にすっかり弱くなってしまった。自嘲する他ないが、こうなれば紫煙に負けじと覚悟し、いい匂いに誘われて店に入った。禁煙でないことが申し訳なさそうなウエイトレスの女性の感じ良さもあってか、さすがに食道楽の大阪、食したお好み焼きは文句なしの美味であった。

振り返れば昭和の終わり頃(昭和六十一年四月二十六日)、旧ソ連のチェルノブイリ原発事故の衝撃が世界中に走り、その危険性についての論議が最高潮になった。ところが日本政府と電力業界は反対派の批判を「科学的根拠のない宣伝」として原発の絶対安全を主張し、むしろ停滞し始めた世界の原子力開発の牽引車になる姿勢を強調していた。以来、平成の時代は、私たち日本人全体がまさに安全神話に浸りきって福島の悲劇まで突き進ん出来た道のりだったことになる。国内外からどう言われようと、世界唯一の被爆国日本は、その果たすべき「特別な」役割を天から与えられ、地球人類に対して約束させられているということを忘れてはなるまい。

タバコの話と原発問題を一緒にするわけでもないが、現代人特有の生活習慣病を連想してしまう。寒暖の差を感じない快適な生活空間、歩かずに済む便利な乗りもの、栄養摂取の容易な高カロリー食品、タバコ・酒など人の好みに応じて溢れかえる嗜好品、いずれも生活習慣病の源である。経済成長のみに突っ走った昭和の不摂生か、豊かさと生活の便利さばかりを求める平成の不養生か…　いずれにしても精神風土の健康を失いかけている現代人の生活習慣に他ならない。

吐き出されたタバコの煙が無主物かどうかなどの屁理屈はともかく、この病は、他者への迷惑に加え、人の面の皮も厚くしてしまうようだ。そんな新聞記事であった。そして昨日（十二月十六日）、政府は原発事故収束を宣言した。禁煙宣言ほどの信憑性も感じられないのだが…。

「冬至」（十二月二十二日）。昼の一番短い日だが、この日から少しずつ日長に回復していくため、古来、幸いの兆す「一陽来復」の好日とされる。

（２０１１年１２月２４日）

2012年

待ちきれないくらいの…夢を

今春の成人式の報道を見ていて、若者たちの様子が少し気になった。といっても一昔前のように酒を飲んで暴れ、式典を妨害するような類のことではなく、逆に、優等生の発言が多すぎる気がしたのである。停滞する社会に対し辰年にあやかって昇り龍の勢いを期待する、などと息巻く中高年諸氏の言葉に比べ、新成人たちの言葉は実に謙虚で穏やかなのである。

他者との絆を大切にし、身近な人への感謝の気持ちや、生まれ育った（「育ててくれた」と彼らは表現していた）地域社会への恩返しの思いなどが続き、中には、友人や同級生の子育てにも役立ちたいという教職希望の大学生もいた。競争社会に生きた私たち昭和世代にこんな意識があっただろうかと、恥じ入るやら感心するやら複雑な思いで彼らの言葉を聞いた。

同じ頃、あの瀬戸内寂聴さんが震災地での青空説法を再開したという映像を見た。一時は死を意識したという入院生活の後にしては、数えで九十歳という彼女は相変わらずの元気さで、「今からもいい小説を書き続けて芥川賞（新人作家の登竜門）をとりたい」やら「このままでは私の晩年はどうなるのかしら（すでに晩年ですとスタッフが笑っていた）」、などと、その言葉はいつもパワフルで楽しい。彼女の言葉や行動にはいつも「もっと、こうしたい」「早く、こうなりたい」という若者特有のはやる気持ちが溢れているからであろう。

しかし人生の達人の発する本物の謙虚さや思いやりの言葉は、かつて耐え忍んだ様々な人生の辛苦や、プライドと屈辱とのはざ間で煩悶する自我との闘いなど、複雑、多彩な経験に裏打ちされていることを忘れてはいけない。

人は時として「理想は…だけど、現実はねー」などと口にする。その言い方は淋しく萎縮したこころを感じさせ、何も行動しようとしない人間の逃げ口上にもなる。「理想」という言葉の中にまるで「実現不可能なこと」という意味が含まれているかのような言い回しである。「理想」とは、「理」にかなった「想い」のことであり、本来必ず実現しうることをいう。しかもその理は、その人の現実の中にしかなく、理想と現実は決して反対語でもなく対立もしないのである。現実から遊離し、「実現すればうれしいけど…」と他人事のように思い浮かべるだけでは現実化する理を探しえず、具体的な行動が生まれないから実現しないというだけのことである。こころに秘する明確な意思だけが、人の行動と人生の軌道を夢や目標に向けて正しく誘導してくれるのである。

今、平成の世に生きる若者たちは「なんとしてでも手に入れたいモノ」や「待ちきれないほどに切望しているコト」をどれほど胸に抱いているのだろうか。テレビ慣れを武器にするタレント政治家たちの攻撃的な弁舌や、芸無き芸人たちの喧騒なだけのカラ元気などを真似る必要はまったくないが、まるで老成したかのように我欲を感じさせない若者たちの様子にもいささか不安を感じてしまう。

未だ過酷な試練にさらされていない彼らの素直さをそのまま受け入れてくれるほど幸多い時代とは思えないこれからの日本。未来へのバトンを渡す世代としては、それがとても気になる。

二十四節気「大寒」(一月二十一日)。語感どおり震えるほどに寒い季節なのだが、四季を知る日本人は、すでにその空や風や木々の中に、なんとなく早春の光を感じ始める。

(2012年1月28日)

ブラックボックスの中身

日々進化する携帯電話の機能には驚嘆するばかりだが、通話とメールしか使わない（使えない）私には宝の持ち腐れといったところである。少々気になるのは、そのケイタイをいとも簡単に扱っている若者たちが、なぜそんな操作が可能なのかについてはほとんど関心がなさそうな点である。便利に使うことが出来れば「なぜ」は必要ないのだろうか。

入力と出力の間がブラックボックスで途中のプロセスがまったく分からないというのはどうにも気持ちが悪いものだが、その「なぜ」が今の時代には無用なのかもしれない。ボタンを押せば出てくる文字と情報、音声に映像。電車の中で居眠りしながら地球の裏側をリアルタイムで眺めることすら出来る。スマートフォン恐るべし、いや、それを子どもたちでさえ普通に持ち歩いている現代社会こそさらに恐るべしである。

先月の新聞（朝日　一月十日「座標軸」）で、三十五年も前（一九七五）に月刊誌「文藝春秋」に発表された『日本の自殺』という論評が取り上げられた。日本国が自ら死に向かって突き進もうとしている姿への警告の論文であった。同誌今月号に全文が再掲されているので読んでみると恐ろしいほどにその予測は的中している。

古代ギリシャやローマ帝国が欲望の肥大化による退廃で崩壊したのと全く同じ道を日本が歩んでいるというもので、例えば母親の子殺しなどはその予兆であり、豊かさの代償は、資源の枯渇や環境破壊にとどまらず人間の判断力の衰弱に至り、国民全体が利便性のみを求めて自律神経を失うであろう…と、まさに現在の日本で進行している現実そのものを予言している。

この論文が発表された昭和五十年、戦後三十年が経過した日本は、戦後世代が人口の半数を超え、すでに世界第二位になった経済力を享受していたが、もちろん携帯電話などはまだ存在しない時代である。それどころか、そのほんの十数年ほど前までは、電話（自宅固定電話）のある家すら限られており、近所で電話のある薬屋さんや酒屋さんなどにかけて相手や家族を呼びに行ってもらうなど、今ではとても考えられないことの出来た良き時代である。それでも世はすでに便利さと快適さばかりを追い始めていたのであろう。

今の子どもはナイフでエンピツを削れないとお年寄りは嘆くがそれは当然だ。電動の鉛筆削り器があるのだから。若い女性が料理をしないとしても当り前。ファストフードはレンジでチンだし、コンビニでのお弁当購入を「自炊」という時代である。

原因と結果をつなぐ過程がまったく見えないブラックボックスに慣れてしまったら人間の行動や思考はいったいどうなるのだろう。先日はテレビの中の青年の言葉に呆然とした。なかなかのイケメンなのだが、「いずれ結婚はしますが、とりあえず恋人は作りません。その人のことばかり考えなくてはいけなくなるでしょ…　自分の時間がとれなくなっても困るし…」。これもまたなんらかのプロセスを省略したブラックボックスなのだろうか。

かの論文通り、効率性や利便性の見返りに私たちはとんでもないものを失ってしまったのかもしれない。同じ頃「東京大学がグローバルな人材確保を目指し九月入学制度を提案」と報じられたが、なにかと「グローバル」を叫ぶ前に、日本はもっと自分の足元に近い「パーソナル」な世界こそ見つめ直すべきである。

二十四節気「雨水《うすい》」（二月十九日）。山奥の氷雪は徐々に温み、流水に変わる。天の差配どおり、里では農耕の準備が始まる。

（2012年2月25日）

決断の季節… 絆と自己確立

京都銀閣寺の近くを流れる琵琶湖疏水沿いの通称『哲学の道』。美しい桜並木で著名なこの道に、日本を代表する哲学者西田幾多郎（一八七〇～一九四五）自筆の石碑がある。『人は人、吾は吾なり　吾行く道を吾は行くなり』と刻まれており、人生の指針を示す碩学《せきがく》の教えとして、散策する多くの人々に語りかけている。

学生をはじめ人間同士の関わりが日常そのもので、人との関わりに日々思い悩むことばかりの身としては、他者への無関心ともとれる『人は人、吾は吾…』という境地は、いささか達観に過ぎるようにも思われ、なかなかに感得し難い言葉である。しかし、生涯心血注いで人間のこころの働きを考え抜いた先哲の言葉だけに、人生における厳しい決断の条件と思えるこの言葉が真に意味するところを学びたい衝動に駆られてしまう。

その西田哲学の世界に、読むだけで頭が痛くなりそうな『絶対矛盾的自己同一』という有名な哲学用語がある。素人ながら要約すれば、「理想と現実」「本能と理性」「伝統と創造」

など、この世にある相矛盾するものが強く反発しあいながらも、やがて融合・統一していくところに人間のエネルギーの発露があるということになろうか。ならば、これは決して難解なだけの哲学理論ではなく、様々な価値観が渦巻く私たちの日常の営みそのものということになる。

東日本大震災以来、日本中で「絆」という言葉がクローズ・アップされた。人は他者との連携なくしては耐えられない時がある。被災地の団結も、全国からの激励もこの言葉に凝縮されていた。日本人の「礼儀正しさ」を称賛する世界の人々も、そこにもう一つ「人々の絆の強さ」を加えたようだ。しかし肝心なのはその先である。

確かに被災者の方々はこの一年間、他者の温かい援助にこころから感謝し続け、折れそうなこころを他者との絆で持ちこたえてきた。しかし、もはや誰一人としてその状況に甘んじようとする者はいないようだ。奪われた自分の生活がいかに尊いものであったのかを思い知らされた人間のもつ強さに溢れている。今、彼らの熱い目線の先にあるものは間違いなく自己の復活である。自分自身の力で生きる個の確立を取り戻すため、「連帯と自立」「社会と個人」が相互に作用する、まさに本物の自己確立にこころが立ち戻ったのである。

相矛盾する二つの真実が間違いなく新たな真実を生み出したのである。耐えられないことに耐えながら前進しようとしている彼らの姿に、日本中、世界中の人々がきわめて多くのことを学んだであろう。そうでなければこの惨事に払った代償は余りにも大きすぎる。

二十四節気「春分」(三月二十日)。朝方目を覚ます頃障子の外が随分と明るくなった。寒気なお消えない中にも閉じ込められていた冬の帳から解放される花時《かじ》前の気分は格別である。しかし春は旅立ちの季節。多くの人が何らかの決断を迫られる時でもある。何かを得るために何かを捨てなければならない。いかなる世界に飛び込むのかを決めなければならない。断崖絶壁の淵に立ちすくみながら千仭《せんじん》の谷を飛ばねばならない時もあろう。決断の時、人は他者との絆にすがりながらも、後戻りのきかないところに自分を追い詰め、『自分で自分を見捨てた人間を救うことは誰にも出来ない…』という先人の知恵をあらためてこころに刻み込むことになる。その境地に至った時に初めて、私たちは『人は人、吾は吾なり…』と言えるのかもしれない。

(2012年3月24日)

「戦争を知らない子供たち」は今…　原発戦争

昭和を代表する批評家、小林秀雄（一九〇二～一九八三）は、昭和三十六年頃、大学生相手の講演の中で、「近頃は世の中に本物の老人がいなくなった」と嘆いている（新潮CD・新潮社）。老人たちが若者におもねり、時代の変化に流され、年齢に相応しい生き方をしていないというのである。地域社会に腰を下ろし次の時代を生きる人々を助け、導くべき世代のおぼつかなさへの危惧である。

古来、年齢には「功」があるとされてきた。年の功とは、人生において力を尽くし齢を重ねながら蓄積した知識と経験がもたらしてくれる功（効）用のことである。だから原始以来、人間の営む共同体の中では老人こそが一番の賢者として存在したのである。もともと人間の潜在意識の中には老人（老賢者）に知恵を求め運命を切り開いてもらおうとする願望があるとする心理学者（ユング一八七五～一九六一）もいる。

宇宙船アポロ11号が月面に着陸し、大阪では華やかに万国博覧会。しかし一方では東南アジアでベトナム戦争が泥沼化していた頃（昭和四十五〜四十六年）、「戦争を知らない子供たち」（詞　北山修・曲　杉田二郎　一九七一）という曲がヒットした。戦後世代の若者たちはこの歌に共感し受け入れた。その世代がこれから一斉に六十五才以上の高齢者世代に向かう。果たしてセオリーどおり、年の功を発揮し老賢者としての役割を担うことが出来るのだろうか。当時は戦争体験を自負する先輩世代から、本当の戦争を知らない軟弱な若者たちだと批判された。しかし世界唯一の被爆国であることも忘れ、経済優先で友好国アメリカのベトナム戦争を支援する日本の国政への反抗心と、戦争は知らずとも自分たちなりの反戦と平和へのメッセージを込めた歌であった。

今、日本では「原発」という姿を変えた戦争が起こっている。数十万人の人々が原発事故に家を奪われ、土地を追われている。一県の人口が半減しそうな状況など、かつて誰も経験したことはない。放射性物質に覆われた広大な山林は五十年は元に戻らない。山野に積もった放射性物質は徐々に地下に沈み、やがて清流にまぎれ込み河川から海へと進むであろう。その現実の前に立ち尽くす人々の姿は、悲惨な戦争下にある紛争国の人々の悲しくも無力な表情と重なる。武力戦闘以上に不気味な「核」戦争の現実である。

国策はどうであれ経済界にだけ目線を合わせ、あまりに拙速にその安全性を説明しようとする政治家たちは、核の恐怖から目をそらし、自分の言動のおぞましさにも目をつむっているとしか思えず、およそ賢者の様相はうかがえない。

孔子（BC五五一～BC四七九）は、「われ十有五にして学に志し、三十にして立ち、四十にして惑わず、五十にして天命を知り、六十にして耳に順う…」（論語）と、人間六十才を越えたら「耳に従う」ものであると教えている。その年齢まで生きれば、誰もが分別を身に付け、他者の意見や考えを正しく理解し判断を間違えることもなくなるという意味である。二千五百年も昔の人の教えが今に残るのは、それだけの真理を持っているということであろう。

かつて、「戦争を知らない子供たち」を歌い世界平和の意識を共有した世代は、国家・社会の老賢者たりうる年齢に達した今、核・原発という人力では制御出来ない魔物を創ってしまった人類の未来に対して真剣に対峙すべき時を迎えている。

二十四節気「穀雨《こくう》」（四月二十日）。百穀を潤すといわれる優しい雨に濡れ、山郷の新芽たちが一斉に育ち始める。

（2012年4月28日）

恐(畏)れる心

私には母が立っている姿の記憶がない。七人兄弟姉妹の末っ子である私を産んだあと間もなく床に臥したようで、以来没するまでの三十余年間を寝たきりで過ごした。子ども心に母がいつ死ぬのかという不安の時代を長く過ごした。その母に手を引かれ田んぼ道を歩く光景が一コマだけ脳裏に浮かぶが、二、三歳の頃のことであり、おそらく記憶というよりは想像しているにすぎないのかもしれない。

母の生命が果てるまで一日も家を空けることなく姉たちが看病した。家族に世話をかけ続ける母のこころ苦しさは想像に難くないが、実の娘たちの完全看護で生涯を全う出来た幸せも大きかったに違いない。その甲斐あって、寝たきりとはいえ、床ずれ一つない元気な病人(?)であり、日記を欠かさず、床の中から家事万端の差配をしていた。他人にはうまく説明出来ない妙な「寝たきり」だった。この母によく叱られ、よくおだてられながら私は育った。

その母が亡くなった年の夏の日。自宅の縁側で庭を眺めていたら、目の前を一匹のシオカラトンボが通過し庭の端のフェンスに止まった。少し間をおいてトンボはもどってきて、私の手の届くくらいの空中を羽ばたきながらゆっくり移動し、今度は反対側の鉢植えの支柱に止まった。すぐまた飛び立ち、また戻ってくる。この繰り返しが何度も続いた。何か普通ではないものを感じ始めたのは、母の言葉を思い出していたからである。死んだあと人はトンボになって家族を見守りにくると、子どもの頃何度も聞かされた。

『兄《あん》しゃん（戦死した長男のこと）はお盆にはいつもオニヤンマになって帰ってくるから、母ちゃんはシオカラトンボで戻ってこようかね…』と言っていた。

わけもなくこころが落ち着かずカメラをとりに自室に行った。戻ったらトンボはもういないかも…いない方が… そんな気もしたが、トンボはまだ物干し竿にいた。そこには間違いなく母が来ているのだと思わせるものがあった。ほんの数センチほどにカメラを近づけても逃げない。少し怖い気がしたが何枚か撮った。当時はデジカメではなくフィルムだったが現像はしなかった。自分の行為に何か不遜なものを感じ、写っているものを見るのに躊躇したからである。これは日常に疲弊した私のこころの錯覚だったのかもしれないが、つい自堕落な日常を過ごしがちな自分を異次元から見ている「眼」を感じた。説明のつかない不可思議な感覚や神仏への畏怖心といったものは、時として俗事にまみれた人間の情緒を平らかにするものである。

昨今の子どもたちにこころの荒廃があるとすれば、人の生と死など人為の及ばない尊厳なるものを「恐（畏）れる心」が、どこか変質し欠如しつつあるのではと思える。何事にも恐さや畏れを覚える敬虔なこころの熟成が子どもの人格形成には不可欠である。仏壇に掌を合わすことすら少なくなった現代、「祖先を崇め、親を大切に…」といった昔の教えのもつ意味は深い。私たちがどんな時代に生まれ、どのように成長したのかを私たち以上に知っているのはまさに両親であり祖父母たちである。彼らこそが私たちのアイデンティティを証明してくれるかけがえのない存在なのである。

人間、今の生き方を知るには、前の時代を生きた先達に学ぶ他ない。後戻りの出来ない時代の流れの中で薄れていく日本の精神文化にいささかこころが重くなる。

草木枝葉が鮮緑に繁る「小満」（二十四節気　五月二十一日）。各地で田植えの準備が始まる。

（2012年5月26日）

富士の山頂に立った人

ジャズのライブに行った。席数三十〜四十のミニ・スタジオでのコンサートだが、身体の奥まで届くプロの音にしびれる。華麗なサックスの音に酔い、ギターのテクニックに惹きつけられる。重低音のベースが要の存在感をみせ、ドラムソロの爆発的なアクションはただただカッコいい。演奏を聴きながら高校時代を思い浮かべていた。

ギターやサックスに夢中の同級生たちがいた。プロの演奏スタイルをまねながら、有名プレーヤーになりきって必死で練習していた。学校の勉強は少々そっちのけの状態だったが、文化祭ともなるとまさにスターで、男子、女子関係なく、彼らには皆がうっとりしたものである。実に羨ましかったが、残念ながら私はその道を選ぶことはなかった。しかし、今からでもその世界を選ぶ自分がいても面白いなとも思った。

人生は選択の連続である。人は日々刻々、何かを選択している。その日、頑張るのも怠けるのも、朝いつ起きて何を食べ、いつ寝るかも基本的には誰も強制しないし強制出来るものでもない。表面的には親がコントロールしているかのように見える子どもたちの行動も、こころの中では間違いなく子ども自身が選択している。

人が何を求め何を選ぶかで、その人の日常は方向づけられ人生の形が決まっていく。想定外のことも多々起ころうが、その乗り越え方はやはりその人が決めるのである。進むも止まるも逆戻りするのも結局は本人の選択である。また、日常の選択は途切れることがない。私たちは否応なしにその中の一つを選び、その結果また次を選ぶ。その糸の縒り合せが人生である。だから自らの現実とは、誰の責任でもなく本人が選択し続けた結果に他ならない。常日頃から、自らのこころと向き合い、我が行く道と目標とを定めておかなければとうてい日々の選択の連続には耐えられないであろう。

富士山の頂に立った人とはいったいどんな人なのか。山の好きな人、達成感を味わいたかった人、何かの願をかけた人…いろいろ浮かぼうが、間違いないことはただ一つ、山頂に登ろうとこころに決めたその人だけが山頂に立ったのである。

もう一つ見落とせないことがある。豊かな自己実現を果たす人は、その目標に達する前から、すでに達成して喜ぶ自分の姿を思い描く、所謂目標の映像化が出来るという点である。

先日、ある高等学校で生徒と保護者の方々に進路と目標設定について話をした。「どうせ私は、結局オレは…」などと、自分で自分を見捨てたような人間を他者が救うことなど絶対に出来ないということを強く訴えた。しかし、彼らは親や教師に言われなくとも自分の現状や今何をすべきかをすでにちゃんと知っている。

元気盛り、遊び盛りの十代の生徒たちが一時間半も身を乗り出して聞いていた本当の理由は、実はそうしようと思っているのに何故かそうしない自分の姿に苦しんでいるからである。時として怠惰に見えるのは、どの世代よりもプライドの高い思春期・青春期の彼らは、その自分の姿が許せずなんとかしたいともがいているのである。

この少子化の時代、戦後の昭和世代のような競争社会も経験せず、いやでも若様、お姫様で育てられた彼らにとって切実な目標の映像化など実際難しいのかもしれない。彼らのこころに火を点けるものはいったい何なのか。現代社会を作った先輩世代は、その責任と役割からまだまだ逃れることは出来ない。

渓流に若鮎がはね太陽がもっとも高く天空に輝く「夏至」（二十四節気　六月二十一日）。しかし日本列島はまだ梅雨寒の候でもある。

（2012年6月23日）

その前にやるべきこと

大河ドラマ「平清盛」（NHK）の視聴率が伸びないという。骨肉相争わざるを得なかった時代の心象風景をなかなかの切り口で描いており、誰もが知っておきたい日本史の一幕だと思うのだが、登場人物の相関図が複雑なのが不評の一因らしい。どこから見ても筋が分かる「水戸黄門」タイプに慣れすぎてしまったのか、もしかして日本人全体が「考えること」「推理すること」「手間をかけて学ぶこと」が苦手になったのではと少し不安になる。

言葉や物事の意味を一人ひとりが手間暇かけて辞書や本で調べることが極端に少なくなったネット時代には、何もかもがすぐに結果につながる危険な思考パターンが潜んでいる。今こそ日本はもっと自らが歩んできた過去の歴史に学び、結論ばかりを急がず、頭とこころで知恵を絞りながら、一手間も二手間もかけて未来を考えるべき時を迎えている。

子どもの頃、「宿題をしてから遊べ」とよく叱られた。物事には優先順位というものがあるからである。個人にとっての優先順位もあれば、社会や国家の優先課題もあろう。いずれにしても、当事者が己の目指すところを熟慮しておかないと順番を間違えてしまう。先にすべきことを後に回せば、必ず不安や不快感が残り表情はさえないものになる。宿題が気がかりなまま遊んでいても今一つ気分がのらず、子ども心に楽しさは半減したものだ。

今、世界唯一の被爆国である日本は、「原発」について国家の姿勢を世界に問われているのだが、連日テレビに登場する政・官・業のリーダーたちの表情は攻守の別なく実に情けない。やるべきことをやらず、不毛な弁解と強引な理屈を押し通す彼らには、国を動かす責任感や、生き生きとした潔さなど全く感じられない。

先日、福島県飯舘村が原発汚染による「帰還困難区域」としてバリケードで閉鎖（恐らく何十年間も）されるという、村民ならずとも息をのむようなテレビ映像が流れたが、一方では、政府が開いた市民の意見聴取会で電力会社の社員が、「放射能で死んだ人はまだいない」などと主張していた。その神経たるや言葉を失う。政治的な思惑や企業論理を隠すことにも気が回らず、先に結論ありきの不自然な拙速さばかりが目立つ。自分の言葉を受け止める相手のこころを推し量ることを忘れている様は、悲惨な災害に打ちのめされながらも、世界中の人々を感動させた東北の被災者たちの誇り高い言動と品格までも台無しにしてしまいそうだ。

最近、「グローバル（地球規模）化」という言葉が飛びかっている。教育界でも東京大学の提案で大学の入学時期を九月にして世界の大学との人材交流に対応するという。確かに国家や地域をこえて物事をとらえることは大切であるが、自殺の練習をさせたといういじめ報道など目にする中、これもまたその前にやるべきことを省いてしまった議論に思えてくる。教育の内容にしても然り。真の国際人を目指すなら外国語の前に正しい母国語を身に着け、世界を知るには自国の歴史をしっかりと学ぶものである。

人類は常に過去の歴史から多くを学び、知恵を絞って次世代につないできた。もし私たちにも未来に渡せるものがあるとすれば、それは頭とこころを使って何かを一生懸命考えながら歩むその足跡しかない。

「大暑《たいしょ》」（二十四節気　七月二十二日）を過ぎると、日本は一年で最も暑い季節となるが、すでに朝夕には何とはなしに秋の気配が忍び寄る「立秋」（同八月七日）が近い。

（2012年7月28日）

一人ではここまで来られなかった

数多くの感動を残して、ロンドン・オリンピックが閉幕した。金より素敵な銀や銅がいっぱいあったし、入賞を逃した種目の中にも人のこころを揺さぶるものはたくさんあった。そんな中、競技を終えた選手たちが口にする共通の言葉があった。満面笑顔の選手が、家族や応援者、そして仲間たちへ、「一人ではここまで来られなかった」と感謝をこめて話す。悔し涙の選手もまた懸命に平静を保ちつつ、同じ言葉を繰り返す。決して作り笑いやご愛想ではなく、本当にお世話になった人たちの顔が浮かんでいる様子だった。

オリンピックという檜舞台にまで到達した者だからこそ言える言葉かもしれないが、スポーツ選手の清々しさが伝わってきた。その選手たちの一番の幸運は、「自分一人ではここまで来られなかった」と気付かせてもらったことに尽きるだろう。「ああ、たくさんの人たちのお蔭でここまで来たんだ」と気付くことは、何ものにも代えがたい、こころのメダルを獲得した瞬間なのである。

私たちの人生も同じだ。誰もが今の自分に一人でなったわけではない。いつもこころの何処かに、おじいちゃんやおばあちゃんがいて、両親や兄弟姉妹がいた。先生たちがいて、近所のおじちゃんやおばちゃんもいた。職場の先輩や同僚もいれば、ケンカしながら遊び、泣いて笑った友だちがいた。その皆のお蔭で今の自分があることに、人はある時やっと気付くのである。

いじめ問題に取り組む多くの教師が、現代の子どもたちの希薄で閉鎖的な人間関係を心配している。何事にも無駄を嫌い、合格への近道、成功への近道…と最短距離ばかりを探す。部活や友だち付合いは面倒で、会話もなしに自室にこもる。「急がば回れ」や「近道千里」の喩えを引くまでもなく、どれもが人間成長の肝心な部分を省いてしまう。

学びによる人間形成を「陶冶《とうや》」という。丹念に土をこね釉薬を工夫し器として焼き上げていく「陶」。原鉱石から金属を抽出し合金にまで仕上げていく「冶」。成果が出るまでにはいずれも大粒の汗が流れ、長い時間が必要だ。無駄にも見える回り道で、大勢の他者と関わりながら汗と涙を流す時間が、オリンピック選手ならずとも、人間の成長には絶対に不可欠なのである。

昨秋亡くなった次姉の初盆で郷里柳川に帰った。幼い頃、私が友だちに泣かされたなんて知ると、「相手は誰ね。謝らせてやるね」と勇ましくスッ飛んで行きそうな姉だったが、晩年は心身を弱らせ、恩返しするにはいささか早世してしまった。冥福を祈りつつ残暑の郷土を歩いた。

昔は柳の垂れる土手だった掘割の岸はコンクリートできれいになり過ぎているが、風情はさほど変っていない。地元の言葉も耳に懐かしい。城内小学校、柳城中学校、伝習館高校と、まさに柳川藩のお城まわりで生まれ育った私にとっては、今や観光ルートになってしまった川下りや藩主立花公の伯爵邸（松濤園）など、子どもの頃の遊び場そのものだったので、入場料を払って見学することが少し妙な感じだった。

暑さが落ち着く「処暑《しょしょ》」（二十四節気　八月二十三日）。猛暑に疲れた身体は秋風が待ち遠しくとも、子どもたちにとってそれは夏休みの終わりを告げるもの。あまり急いで来てもらっては困るだろう。そんな彼らには、人は決して自分一人で生きているのではないことを教えてくれる寄り道、回り道を、いっぱい経験して欲しいものである。

（２０１２年８月２５日）

太宰治と健さん…「自我」二題

読書の秋。愛人と入水自殺した作家、太宰治（一九〇九〜一九四八）の短編集を再読すると、繊細にして鋭く、破滅的にして豊潤な独特の感性と小説技法の巧みさに驚く。死後六十四年、現在もなお太宰の人気が衰えない所以であろう。

「人間失格」「桜桃」などを書き終えた最晩年、彼は自分を批判した昭和文壇の大御所、志賀直哉（一八八三〜一九七一）を、連載評論「如是我聞《にょぜがもん》」の中で徹底的に非難した。公の誌上でここまで言うのかと思えるくらいこき下ろしている。文学賞（芥川賞）受賞を選考委員に依頼して拒絶されたり、自分を評価しなかった相手には必ず怒りの反駁《はんばく》文を投稿するなど、この類のエピソードの多い作家ではあるが、その見苦しいほどの激しい論調に、人間の抱えるどうしようもない「自我」の叫びを感じた。

アルコールや薬物中毒、自殺未遂などの行状から、太宰文学には放蕩的な印象もつきまとうが、激しく恋をし、純粋さに憧れ、偽善や疑心を嫌う太宰の想いは、自堕落な生活の中にも本当の自分を理解しようとする苦しみの声として作品中の登場人物のセリフに数多く残されている。

人間の自意識の中心である自我の叫びは、意識を超えたもっとこころの奥深いところに存在する本当の自分（自己）を探し求める声と受け止めるべきであろう。それが制御出来ないむき出しの自我だとしても、仲間外れや追放覚悟で文壇の大親分に食いついていく無鉄砲な純粋さは、太宰人気の一因でもあり、ある意味では日本人好みの感情なのかもしれない。そんな時、今年八十一才の名優、高倉健さんのインタビュー番組（「プロフェッショナル・仕事の流儀」NHK　九月十日）を観た。「不器用ですから…」と言葉少なく、自我を抑え込み、自己犠牲に向かう人間、いわば太宰の生き方の真反対をずっと演じてきた健さんの実像にせまるドキュメンタリーであった。

しかし私には、実像の健さんのどこをどう見ても映画の中の健さんとの違いを見つけることは出来なかった。ほとんどセリフのない相手老優のワンカットの演技に、「あんな演技に追いつきたい」と涙し、「スタッフみんなの力で映画が出来ることが何十年もかかって分かるんだよね」と語る。実直で礼儀正しく、時にユーモラスなしぐさも、若い頃から見てきた様々な役柄（虚像）の健さんそのままなのである。古い名画をやる映画館（昭和館　小倉北区）で、学生時代に夢中で通った健さんの任侠映画シリーズ「日本侠客伝　昇り竜」（東映　一九七〇）がたまたま上映中と知り出かけて行った。
事前のお断りどおりフィルムの劣化で映像は雨降り状態であり、音声も時々飛んでいたが、肌の張りはともかく、そこには今と少しも変わらない（時系列が逆さまですが…）三十代の健さんがいた。怒りをぐっと我慢し、愛する人たちのため自分を捨て、たった一人で大勢のヤクザの親分、子分たちに切り込んでいく若き日の健さん。ある意味ではストレスのたまるやっかいな性分だが、これもまた日本人好みの自我の表現なのである。
暗い館内で、客席のご老人が他の客にも聞こえる声でつぶやいた。「いい映画やなあ」

二十四節気の「秋分」（九月二十二日）。この季節、平尾台（小倉南区）の草原を歩くと、足元には藤袴やゲンノショウコ、女郎花などの野の花がいっぱいで、葛や萩が、未だ開ききっていない薄の穂の揺れる路傍を彩っている。中でも古来その控えめな様子が日本人に愛されてきた萩は、紅紫の可憐な花を房なりに咲かせ、中秋の頃に散りこぼれる。

（2012年9月22日）

秋色…優しい声はどこから

秋色とは紅葉などの風景だけでなく、秋の気配や人の気分までも含む。都会に住む人たちは少々遠ざかってしまった気もするだろうが、日本人のこころの原風景はやはり田舎の自然にちがいない。生まれ育った土地ならなおさらで、これほど人を人に戻してくれるものはない。

今、各地の里山は秋の光に満ちている。四季にはそれぞれの美しさがあるが、秋の味わいは人間の情感に触れる繊細さと優しさである。拙宅の周りも然りで、どこかの金木犀の香りに誘い出されると誰もが辺りを見渡してその位置を探す。手入れされた庭木や生垣の隙間から秋の花がのぞく近所の家並みを通り抜けるとすぐに水路の走る田畑や河川の風景が広がる。刈り入れの終わった稲田に立ち昇る籾殻や新藁を焼く煙は、一仕事を終えた大地の息遣いのようで、人々に何かを振り返らせるような静けさを演出する。おそらく百年、千年と繰り返されてきたであろう悠久の世界である。

以前、その若さに似ず何ともいえない上品な話しぶりの、とても優しい声の持ち主に出会ったことがある。どんな生き方をしてきたのか失礼ながら聞いてみると、微笑みながらの話の背後には、幼少期に過ごした田んぼや川や野原の風景があった。

人の声の優しさは、人のこころの穏やかさと豊かな自然の営みとがゆっくり織りなす過程からしか生まれない。刺々しく、ささくれだった話し方は、それ自体がすでに人間の悲しさを示す。未来に想いを馳せ、色鮮やかに人生を送るには、自らの過去を振り返りつつ懸命に今を考える他にない。それが明日を創るからである。

考えるヒントも生きるヒントも各人の過去の記憶の中にある。過去のすべてが今の自分であり、今のすべてが明日の自分である。私たちは、こころと季節の節目を、色も形も匂いも何もかもをふくめて懐かしい記憶として残し続けなければならない。確かに過去は過ぎ去ったものだが、懐かしさの感情は今のこころの豊かさの土台である。だから、懐かしい記憶のいっぱい詰まった過去をもつ人の声が、優しく相手のこころに響くのは当然なのである。

今あらためて東北の人々を想う。秋の輝きを見ることも感じることも出来ない二度目の季節を迎えておられよう。澄んだ空気と恵みの海や大地を丸ごと奪われた苦しみは量り知れなく想像も出来ないが、大切な人を失った悲しみに加え、それを悲しむ場所すら追われた人々。復興が進まないどころか、政府や電力会社の保身と弁明、各省庁による復興予算の他用途使用の発覚など、相変わらずの報道には、被災者ならずとも国民の怒りはつのる一方である。

どうも政治の世界は日本人の美意識や繊細さとは無縁のようで、国のリーダーたちの声に優しさはなく、悲しいほどに澱んだ、欺瞞的な言葉しか聞こえてこない。政敵の欠点探しや政権争いにエネルギーを遣い果たし、もはや恥も外聞も意識出来なくなった厚顔さで、なりふり構わず自己主張に弁を振るう様は、ただただおぞましい限りである。

露が霜となる「霜降《そうこう》」（二十四節気　十月二十三日）。豊穣の月も半ばを過ぎると、いつの間にか朝寒、夜寒の季節である。露寒《つゆさむ》、漸寒《ややさむ》、薄寒《うすさむ》、うそ寒、そぞろ寒。秋の寒さのこんな微妙な違いを日本人は見事に秋色の言葉に変えてきた。知っているはずの四季の移ろいに、あらためて驚くこころをいつまでも持ち続けたいものである。

（2012年10月27日）

会釈… こころ通わすもの

鎌倉の東慶寺に昭和の知性、小林秀雄（批評家 一九〇二〜一九八三）の墓を訪ねた。同寺は著名な文人たちの墓が多いことでも知られる古刹である。故人の業績を示すかのような大きな墓はすぐ目につくが、師のものは墓所の端の狭い一隅に在り、寺の方にお尋ねしてやっと分かるようなものだった。

墓石は本人が骨董屋で買い求め、自宅の庭で眺めていたという小さな五輪塔で、苔むした様子はとても古いものに思われた。傍らの石柱にただ「小林」とだけ刻まれており一見したくらいではとても気付かない。文筆家として自らも文字に生きながら、文字に頼る人間の愚を戒めた「知の人」らしいというべきか。残念ながら肉声は晩年の講演録音しか知らないが、その厳格な論調に似合わず、意外にも落語名人のような口調で、穏やかに、時に激しく、人間、哲学、文学、芸術と多彩な分野を熱く語る声が蘇ってきた。

境内や寺社周辺の街路の至る所で石蕗《つわぶき》の花が目についた。もともと庭陰に咲くような花だが、太陽の光を浴びるとその黄色はまぶしいくらい輝く。花言葉は謙遜と先を見通す能力という。これもまた小林秀雄と重なるなと思いながら坂道を登っていたら突如、正面彼方に冠雪した富士の姿が見え驚いた。たまたまその時、土地の方らしい中年の女性とすれ違った。こちらは通りすがりの観光客に過ぎないのに、すれ違いざまに軽く、しかしとても上品な会釈をされた。その何気ない自然なしぐさが、一瞬その場に穏やかな風情と爽やかな風を起こした気がした。ふと小林秀雄の短文「人形」を思い出した。

ある食堂車で老夫婦と相席になった著者と若い女性。息子を亡くし正気を失ったらしい老妻が大きな人形に食事をさせるのを見守る夫。この少し異様な様子を目の前にしながら、誰も言葉を発することなく軽く会釈をするだけでその場のすべてを悟り、理解し合い、何事もなく食事を続けた場面を印象的に描写している。

神や魂に関する難解な哲学論などでは、中途半端な学者の見解に対し、「存在するにきまっている」と敢然と言い切って論陣を張るような小林秀雄の鋭い感性を持ってしても、人間に不可欠なこころの働きとは、つまるところ、会釈のような当り前の所作を通して、他者のこころを感じとることから始まるということを強烈に示唆した文である。

そもそも、会釈とは仏教語の和会通釈の略で、「相矛盾する考えや立場を一瞬にして両立させ共通の理解を得ること」である。人間は目礼一つで互いのこころを察し合う。名も知らず、こころの内など何も分からない他者とすら会釈一つで不思議な繋がりが生まれるのである。

休日に山里近くを散歩すると狭い道路で車と出会うが、道脇に立ち止まり車をやり過ごす瞬間、車内で軽く会釈をする人の顔が見える。会釈を返せば老若男女を問わずそこに何かしらの心地よさが生じる。車を走らせる側、道を歩く側、誰もがその両方の立場にたつ現代社会。「邪魔だ」の不機嫌顔や無表情は、日常に枯渇した精神の空虚さしか残さない。精神文化の成熟がもたらす人間社会の豊かさとは、畢竟《ひっきょう》、会釈ほどの簡単な所作から生まれ、それが膨らんだものに他ならないのである。

「小雪《しょうせつ》」（二十四節気 十一月二十二日）。雪といっても大ならずの意味で、北国や山間部以外まだ雪を見ることはほとんどない。差し込む陽光に和室の障子紙が白く輝く冬麗の日もある。しかし一雨ごとに寒さが増し、あれこれ冬支度を始めると、すぐ師走。年の終わりがそこまで来ている。

（2012年11月24日）

親の恩、師の恩、時代の恩

歌舞伎俳優、中村勘三郎さん逝去の朝、挨拶に立った子息二人の言葉の中に、「生みの恩もまだ返せないうちに…とあった。昔から、「生みの親より育ての親」とは人情の機微である。縁あって「育ててもらった恩」は義理でも実でも、その人にとっては大恩である。しかし育てられた恩もさることながら、生んでもらった恩を子どもが感じてくれることほど親にとって大きな喜びは他になかろう。親も子もこの世に生まれた甲斐があるというものである。歌舞伎への愛と芸への精進に加え、分け隔てのない他者への気配りで芸能界きっての人望家だった勘三郎さん。我が子の育て方も極めていたのだなと感心した。

最近、アクビやクシャミをしながら「親父とそっくりだな」と自分で思う。三十年も前に亡くなった父を思い出す瞬間でもあるが、生んでもらった恩など少しでも父に伝えたであろうかと、この齢になって思う情けなさである。

先日、古い映画を観ていたら卒業式のシーンがあり、子どもたちが涙を浮かべながら、

「♪仰げば尊しわが師の恩　教えの庭にもはや幾年…」（「仰げば尊し」）と歌っていた。自分が教える立場にあると、「師の恩」などについては触れにくいものだが、人生の区切りの時に耳に残った歌であり、私にとっては理屈ぬきにこころが揺らされる曲なのである。

小学校を去る寂しさ以上に中学生になって少し大人に近づきそうな昂揚感で、とても充実した気持ちだったことが思い出される。その時期、卒業文集に「『先生たちへ』僕たち・私たちの恩返し」という欄があって、私は一年時の担任だったおばあちゃん先生に何を書くかを相談した。先生は優しく、「いつかあなたも先生になって人の優しさを教えられるようになることかな」と言われた。自分が教師になるなど考えもしなかったが、その言葉はずっと後までこころに残っていた。以来、随分たくさんの先生たちに導かれた人生であるが、自分の生活にかまけて、その先生方への恩返しはほとんど出来ないままである。まるで「親孝行、したい時には親はなし」にならぬかと恥じ入るばかりである。

数百万人という戦争犠牲者の上に成り立っている現代日本の平和。私たちはこの時代に生きられる幸せに感謝しなければならない。「時代への恩返し」とは歴史から学んだことを次の時代に託すことである。

今、政界では「昭和の維新だ」、「自衛隊を国防軍に」などと威勢がいいが、戦争の悲惨さを忘れたら日本人は愚民と化す。「いつか来た道」への回帰は許されないのである。「日本を取り返す」とは一体誰から何を取り返すのか。東北の復興もままならず敵失での得点にばかり慣れてしまった与野党ともに、過去の失政の総括もないままの花火の上げっぱなしは少々厚顔にすぎる。

衆議院選挙の直前、出張先の神戸で、消灯前のわずか十分間だったが同僚の案内で「神戸ルミナリエ」の美しさに出会った。阪神・淡路大震災の犠牲者への鎮魂と残された人々の平和への熱い想いが生み出した輝きであり、今年は東日本大震災との絆と交流の想いが込められていた。その翌日、朝刊に「人出が多すぎると逆に選挙演説がやりにくくて困る」との地元候補者からのコメントが載っていた。選挙しか見えない目には、国民の深い悲しみを必死の願いにかえた美しい光の矢も、到底、届くことはあるまい。

一陽来復の春を願う縁起日「冬至」（十二月二十一日）。陽光を取り戻そうと、古来より全国各地で火祭りが行われる。「もういくつ寝るとお正月～」の数え日ともなると今年もあと僅か。

（2012年12月22日）

2013 年

利便性の影…　劣化し続ける記憶力

スマートフォンを使い始めて半年。操作ミスや電話のかけ間違い、あげくに手がつけられない状態も度々で、通話とメールだけでも十分な恩恵を受けていた元の携帯電話のままでよかったかなと思ったりもした。ところが人間の慣れとはいかにも恐ろしい。今やパソコンを持ち歩いているに等しいこのモンスターがどうにも手放せない道具になりそうだ。ケータイどころか家庭電話も普及していなかった時代でも、当時の人々がさほどの不便さを感じることはなかったはずである。ここは一旦立ち止まり、科学技術の進歩と便利な道具への依存が生み出す危うさに向き合わなければなるまい。

子どもの頃のテレビの登場も同じだった。今思えば、不鮮明なモノクロ映像とはいえ相撲、野球、プロレスの中継に歓喜し、外国ドラマや歌謡番組に魅せられた。やがてカラーになり衛星放送もスタートし、人類が月面に降り立つ瞬間を目撃するようになるまで、さほどの時間はかからなかった。昭和とはまさにそのような時代であり、その勢いは猛烈な加速度をつけて平成の世に繋がっている。

古代ギリシャの大哲学者ソクラテスが語る神話の中に、「文字」を発明して得意げな神に対し、もっと偉い神様が、「そんな便利なものに頼るようになると人間はこころを働かさなくなる」と強く警告する箇所（「パイドロス」プラトン　BC四七〇~BC三九九　著）がある。こころを働かすとは、自己の記憶を懸命に呼び起こすことである。人間に与えられた記憶力こそがあらゆる事象をこころに焼き付け、思考と想像を生み出す原動力なのである。自らの記憶を頼らずに、文字そのものを知識・知恵と錯覚するようになったら人間は自分のこころそのものを失ってしまうことになるというのである。

現代人は今、知らない言葉に出会ってもネット検索で即座に答えを得る。辞書を引くこともなく、図書館に足を運ぶこともなく解決である。問いを学ぶはずの学問の場でも問いより先に答えを探してしまう。まるで記憶と情報のすべてがパソコンやケータイの中にあるような現代人はとんでもない落とし穴の前に立っているようだ。

何かが成長しつつも一方で何か大切なものが激しく劣化しているに違いない。必死でモノを覚えることや、必死で何かを思いだそうとすることを現代人は放棄したのだろうか。ナビで誘導された道や風景は、どのくらい私たちの記憶に残るのだろうか。次はナビなしでたどり着くのか。

運動会でわが子をビデオカメラで追いかける親たちは、汗が光る子どもの実像を見ているのだろうか。デジカメで写真ばかりを撮る旅行者のこころに本ものの風景は焼き付いているだろうか。記憶力の蓄積が断たれ、思考力や想像力が減退すれば、溢れる情報の選択に自己の判断を確立するのは難しい。すべてが他人次第、世間次第となり、テレビの言う通り、新聞・雑誌に書かれた通りを受け入れる日常しか残らない。

先の衆議院選挙や進まぬ震災復興などのニュースを見ていると、まさか私たち国民全体がこの落とし穴に… といささか不安になる。

日本の四季で一番冷え込むのが「大寒《だいかん》」（二十四節気　一月二十日）の頃。今年の冬は少し寒いようだが、寒風に指先が悴む感じはむしろ懐かしい。昔は凍て晴れの日など外で遊ぶ子どもたちの頬と両耳は真っ赤だった。炬燵くらいしか暖房のなかった部屋には冷たい隙間風が遠慮なく忍び込んで来たが、家族が囲む練炭火鉢はシュンシュンとやかんの湯が沸き、とても暖かかった。

（2013年1月26日）

もう少しだけ勉強したい…

酒席の後たまにカラオケに行くと、大半が若い人にみえる店内から時おり舟木一夫さんの「高校三年生」（詞 丘灯至夫・曲 遠藤実 昭和三十八年）の歌声が聞こえることがある。威勢のいい数人の合唱で盛り上がっており、雰囲気から自分と同世代に違いないように思う。懐かしい記憶は鮮やかな映像を伴って、私たちをタイムスリップさせる。その歌詞通り、楽しかったことも嫌な思い出も一緒くたになり、懐かしさにおいてはその区別は意味をなさない。

思春期を過ぎ大人に向かう中途半端な年齢であり、私の高校時代も悩み多く複雑な時代だった。それでも今はすべてが不思議なくらい心地よく懐かしく、高校時代とは何かしら特別な時間に思えてならない。不安定ながらも使い切れないくらいのエネルギーを持っていた若き日の想いは、何十年の時を経ても人の記憶の中に生き続けるのであろう。

その高校時代を懐かしみながらも、最近もう一つのことが頭に浮かぶようになった。「ああ、若い頃もう少し勉強しておけば…」という思いである。長年教師などやっていると、他人様は「先生などたいがい勉強してきたでしょう」と言って下さるが、実はさにあらず、不勉強の後悔は尽きないのである。学校の勉強だけを言っているのではない。悔やむのは人生を豊かに生き抜くための生きた学問のことである。

今、私は無性に本を読みたいのであるが、それはこれからの人生を生きるには余りにも知らないことが多すぎるという正直な実感からである。これからの世界を自分の目で真剣に展望してみたいのである。

ものづくりに巧みな人、大地や海と闘う農・漁業の人、政治・経済や商売に精通した人、芸術に慧眼《けいがん》を持つ人、歴史を探り人生を哲学する人、そしてボランティアに愛を注ぐ人…。皆、他者には見えないものを見る眼と技とこころを備えた人である。彼らが見ている世界はどんなものなのか。それが見えるのは何故なのか。もしこんな勉強が今からの自分に出来るのなら、なんという歓びであろう。精巧な顕微鏡や望遠鏡とまではいかなくても、せめてもう少しはっきりと世界が見える虫眼鏡くらいは欲しいのである。

果てしない地球と人類の歴史。知り尽くすことは不可能でも学ぶ対象なら無尽蔵の世界である。不完全燃焼したまま記憶の中で眠っている若さのエネルギーも再燃するかもしれない。なぜ、どうして、と一つひとつの疑問を解き明かす歓びは今こそ若き日に勝るとも劣ることなく大きい。高校生のような覚束《おぼつか》なさを感じながらも、今一度もう少しだけ何事かの勉強を始めたい。

数十年前、教職に就く際、いかに生きるかを学ぶことが学問と説いた幕末の思想家、吉田松陰（一八三〇〜一八五九）の「教《おし》えるの語源は、愛《お》しむ」であるという言葉に出会った思い出があるが、今度もまた松陰先生の言葉に答えをいただいた。「悔いるよりも今日直ちに決意し…着手に年齢の早い晩いは問題にならない」

野焼き、山焼きは農作業の下拵《したごしら》え。春きざす「雨水」（二十四節気 二月十九日）の候だが、雨もまだ冷たく草木が冬の装いを脱ぐのはもう少しあと。二月二十五日は菅原道真公の命日。雪まじりの雨の中、各地の梅花ばかりが凛として天神様に春を感謝する。

（2013年2月23日）

玉井先生の想い出… 日本人の美学

先日、書店で「火野葦平ゆかりの人びと」という小冊子が目に入り、パラパラとページをめくったら懐かしい顔写真があった。

葦平（一九〇七～一九六〇）は北九州（若松）が生んだ著名な芥川賞作家であり、「糞尿譚」、「麦と兵隊」、「花と竜」など、その作品も広く知られているが、私が懐かしかった顔は葦平の実弟で、やはり郷土作家であった玉井政雄先生（一九一〇～一九八四）である。

私が初めて教師として奉職した時、先生は現職の教授であり図書館長であった。かの火野葦平の弟君であるということより、豊かな長髪を手でかき上げる和服・袴姿の先生の風貌の方が私にとっては圧倒的に神々しかった。文化・文学論の魅力はもちろんのこと、すでに還暦を過ぎておられたが、細身で小柄ながら絵になるそのもの腰に、女子学生の中にも先生のファンは多かった。また、二十代半ばだった私や十代の学生たちに対しても敬語をつかわれる丁寧な言葉遣いは、今思っても恐縮の至りだが実にカッコよかった。その知性と品格は間違いなく若者たちのこころにも刻まれていた。そこには日本文化の伝統と人間愛に裏打ちされた知識人の美学が存在していた。

その頃、先生は文芸部の学生に郷土文化の研究を指導されていた。出身地である若松の高塔山はもちろん、小倉、戸畑、八幡の史跡を訪ね、西は芦屋町、遠賀川周辺まで、東は門司港から関門を渡り、壇ノ浦、長府の町へと先生の引率に学生たちと同行した。

現在の市庁舎が出来て間もなくの頃で、その対面にあった旧小倉市民会館前の広場には、銀黄色に輝く巨大な球体の噴水があった。工場地帯の煙突群は高度成長まっしぐらの象徴であり、小倉の市街地を通って響灘に流れ込む紫川は汚緑色の水面で、時に異臭を放ってはいたが、幹線道路には市内電車が走り、当時東洋一の吊橋といわれた若戸大橋が五市を結ぶまさに百万都市誕生の活気があった。

その懐かしさから、先生の著書（『十客百来』『地方文化人と東京文化人』など）を何十年ぶりかに読み返してみると、まさに戦後の昭和を生きた郷土の人々の歴史と人情の匂いが立ちこめる文ばかりであった。

今、「強い日本」を標榜する政治家が目立つが、ふと玉井先生だったらどう評価されるだろうかと思う。

前時代の話は後を生きる人々には決して実感出来ないのです。今の若者に「自由な時代に生まれて幸せだね」と言っても、「前時代の体験をもたない彼らはその実感を比較出来ないのです」と幾度も教えられた。それはこよなく郷土を愛する文学者でいながら悲惨な戦地を体験し、何よりも平和を願う教育者となった自分への強烈な自戒のように感じられた。

教師であれ政治家であれ人の親であれ、些かなりとも他者にものを教え導く者ならば、自己の思いを他者に伝えるには、よほどの謙虚さと熱意がないかぎり困難であるということを、穏やかな表情の内側から私たちに厳しく諭す先生の言葉であり、美学であった。

百花咲き始め、学校も社会も区切りの季節「春分」(二十四節気 三月二十日)。「美しい日本、強い日本」などを政治的スローガンに掲げるような発想の浅薄さから離れ、日本にとって、社会にとって、何より自分にとって、一体何が美しく、何が本当に強いものなのかをじっくりと考える好機としたいものである。

(2013年3月23日)

歴史に学ぶ

先日の新聞（朝日 二〇一三年四月十四日 朝）に、「力道山刺した男性死亡」という小さな見出しの記事が載っていた。戦後昭和のまさにスーパーヒーローであったプロレスラーの力道山が、昭和三十八年「足を踏んだ」「踏まない」の酔った上での口論から若い男にナイフで刺され、一週間後に亡くなったニュースは世間を驚かせた。幾分かは虚構の世界だとしても、テレビ中継では必殺技「空手チョップ」で外国人悪漢（？）レスラーたちを打ち負かす姿は日本中を熱狂させた。そんな強い人が喧嘩の怪我であっさり死んでしまったことに中学生だった私はなんだか拍子抜けしたような記憶がある。

それにしても半世紀も前の出来事だ。国民の大半がすでに忘却していたような事件の当事者が現在まで存命であったことに少々驚いた。事件の関係者たちにとってはその事実を引きずりながら五十年間という後半生が今までずっと続いていたのだということを思い知らされたからである。「昭和も随分遠くなりにけり」なのだが、私たちは既に目に触れなくなった出来事や社会事象をあまりにも早く忘れさり、歴史に学ぶことをいささか怠り始めているのではと思えてくる。

国民的ヒーローの死とはいえ力道山一人の死に比べ、愚かな戦争となると話はもっと違ってくる。世界で四〇〇〇万人の死者を数えた第二次世界大戦の終結からわずか五年で朝鮮戦争。核戦争一触即発のキューバ危機は回避したものの、二〇〇〇万人の犠牲者を出したベトナム戦争後も中東や各地の内戦は繰り返され、湾岸戦争、イラク戦争と地上に戦火の消える気配はない。

三〇〇万人の日本人が露と消えた太平洋戦争は沖縄戦だけでも二十五万人が亡くなった。ともあれ日本はその歴史に学び、戦争と軍隊を放棄し、世界唯一の被爆国の平和理念を確立した（はずだった）。その日本が今何故、原発や核の脅威を軽んじ軍事力までも誇示したがるのか。

景気回復や経済力の向上、強い国の確立といった威勢のいいスローガンの中には、時として党利党略が国を動かす危険性が潜むことを私たちは過去の歴史からさんざん教えられた。

真に国を憂うこころとはいったい何なのか。基地に苦しむ沖縄を思うにしても、肉親が目の前で戦火に焼かれた地獄絵が未だ脳裏から消えない人々が日々聞いている戦闘機の爆音が私たちの耳には聞こえているだろうか。かりにも力道山事件のようには忘却が許されない重たい歴史を抱える日本国の現実である。

戦後の昭和を鋭く分析した評論家、河上徹太郎（一九〇二～一九八〇）は、人間が歴史を作るなどと思い上がった歴史家や政治家を厳しく批判した。

「歴史とは人類のそばを流れる大きな川のようなもので、人間に出来ることは、せいぜい川に流されながらどのくらい自分で泳げるようになるか程度であり、悠久なる歴史の中に生かされているという謙虚さがないかぎり歴史の意志を見誤る」と喝破している。歴史に学ばなければ人間は何度でも同じ過ちを繰り返す…。

つい先ごろまで雨が降れば花冷えなどと震えていたが、もはや一雨ごとに大地が温む「穀雨」（二十四節気　四月二十日）の候。夜明けが随分と早くなり日中のぽかぽか陽気に近くの里山を歩くと、可愛い草花の間からまだ土筆が顔をのぞかせていた。

（2013年4月27日）

優先席

大震災以来一度は足を運ばねばと思っていた東北を五月の連休に訪ねた。地震と津波の傷跡はまだ残っているものの、幸い人びとの活気はそれを忘れさせるものだった。

その東北新幹線の中で、前の座席の若い夫婦が連れた幼児（一～二才？）がシートの隙間から「ばあー」と可愛い顔を出した。何度も同じことを繰り返す子どものよく見かける姿である。こちらも「こんにちわ」と相手をしていたら、若いお母さんが、「すみません、ご迷惑ではありませんか」と恐縮していた。

やがて、こんどは少しムズがり始め泣き出した。お母さんはだっこしたままスッと立ち上がり、デッキに移動して泣き止ませてから戻ってきた。それを何回か繰り返す。他の乗客に迷惑をかけないためである。若いお父さんはシートを倒す時、「すみません、倒しても大丈夫ですか」と尋ねてくれた。この若い夫婦のマナーの良さはとても新鮮な印象を周りに与えていた。こんなやり取りはごく当たり前のことかもしれない。しかし今の時代、果たして本当に当り前であろうか。

すぐ斜め前の席の子ども連れは騒ぎ放題。子どもは靴のままシートの上に立ち、お母さんはそれを注意するでもなく、何やらお菓子を食べながら週刊誌を読んでいる。「うるさいじゃないの」と叱ったかと思ったら、「私、本を読んでるんだから」と自分の邪魔だと怒っていた。お父さんはその間ずっとケータイに夢中だった。

随分以前のことだがアメリカの地方都市に滞在中、バスの中で外の景色を見ようと靴のままシートに上がろうとする幼い子どもを叱りつける母親を何度も目撃した。映画などでは、いかにも行儀の悪い人物が登場し、少々乱暴な感じのするアメリカでも庶民生活の公共マナーはしっかりしていた。

さて、帰りの空港ロビー。優先席は遊び疲れた感じの若い大人とジュースを片手に飛び跳ねる子どもたちに占領されていた。目の前には大きな荷物を抱えたお年寄りが三人も立っていた…。そもそも、この優先席は高度成長期の昭和四十八年頃に、肥大化する都市鉄道などで普及し始めたものだが、人としての基本的なルールであるはずのことを、改めて特別席として設けること自体が情けないとの批判すら当時は強かったくらいである。マナー衰退の責は教育の一端を担うものにも重い。

今、まさに国家の優先席に座って頂くべき東北の人々。その笑顔をもってすれば復興は近いだろう。ただ政府の強引な原発政策や電力会社の傲慢さがなくなればの話である。国内原子炉の安全すら確認出来ないまま原発の海外輸出を決め、唯一の被爆国でありながら核兵器使用を止めようとする国際協約に署名せず、他国に奇襲をかけ大量の軍隊を送った戦争を侵略とは思えず、その戦争には慰安婦が必要だと言って米軍にさえ苦笑される…等々、いささか常軌を逸した日本のリーダーたちの危ういほどの浅薄さが、一般市民のマナー崩壊とまったく無縁だとはとうてい思えない平成の世である。

大学の教職課程の授業で、「理想的教師像」の第一条件を「きっちりマナーを教えられること」と指摘する学生は毎年とても多い。若者たちのこの意識さえ継続すれば日本の教育力もまだまだ捨てたものではないのだが。

初夏の陽気が一気に訪れる「小満」（二十四節気　五月二十一日）を過ぎると、もう梅雨が近い。

（2013年5月25日）

早苗がそろった

こよなく自然を愛した若山牧水（歌人一八八五〜一九二八）は、『渓を想う』という短文の中で、平凡な日常にふと遠い昔の光景が脳裏に浮かび、時が止まるような息苦しさを覚える心理に触れている。

牧水にあやかれば、私も川や水の風景に出会うたび、穏やかな陽光と漂う風の匂いとともに過去の風景や人の顔が浮かび、たまらない懐かしさにしばしこころが過去を彷徨うことがある。水郷と呼ばれる福岡県南の柳川市に生まれ育った少年時代。城址を幾重にも囲む掘割の優しい水の音が私のこころの原風景である。

川といっても大半はお堀のことだから、基本的には水の流れる音はなく、どんこ舟（水路に浮かべる小舟）の竹竿や櫓が川面を切る柔らかな音しかない。笹舟を走らせて遊んだ田んぼの中の灌水路の水音の方がむしろ大きいくらい、静かで平坦な土地なのである。そのせいか、子ども時代から山や森にはこころが弾んだ。遠足などでたまに鬱蒼とした山林や渓谷に行けば、見慣れない岩清水や滝の音にいつも歓喜し興奮が覚めなかった。
齢を重ねた今でも水の音にはつい耳を欹てる。うっとうしいはずの梅雨時ですら、草木の葉や地面をたたく雨音が心地よく聞こえるくらいである。休日に歩く散歩道脇の狭い水路の音も、水嵩の増した川の堰の轟音も私には実に耳触りがよく、暫し足をとめ聴き入ってしまう。それらの水がたっぷりと引き込まれ、鏡のように空と雲を映す水田に整然と早苗が植えられた風景には格別の郷愁が湧く。水田は私のもっとも好きな日本の原風景の一つである。

『♪そろた、出そろた、早苗がそろた』

聞き覚えでしかないが、昭和の文部省唱歌「田植」（詞 井上赴作・曲 中山晋平）の歌詞をつい口ずさむ。今ではすっかり歌われなくなったようだが、農作業の明るさや田植え時の活気を感じさせる歌であった。

そんな梅雨真っただ中の水田の周辺には、昔の子どもたちの遊びもたくさんあった。掘や水路でザリガニをとり、学校の水槽で観察するアメンボやミズスマシをつかまえるのはしばしば降りしきる雨の中だった。平成の子どもたちにそんな遊びの場はまだ残っているのだろうか。現実の農業の厳しさを知らずに言うのは少し気が引けるが、日本人のこころの原点を支えているこの豊かな田園の水の風景が、永遠に存続することを願っている。

何かと郷愁にかられるのは年齢のせいもあろうが、決してそれだけでもない。過去の記憶には忘却してしまうにはとても忍びがたく、ぜひとも残しておきたい良き時代の美の形が存在するのである。若者たちが次世代を生きるための知恵もたくさん詰まっている。人それぞれの記憶にはこころを刺すような悲しみや苦しみも少なくなかろうが、時を経れば心持ちや見方が変わり、むしろ忘れ去るのが惜しく思えることすらある。悠久の大地と時間によって熟成された記憶は、単なる想い出の域を越えるのであろう。

人間の無垢なこころに立脚した教育学者J・J・ルソー（仏　一七一二〜一七七八）は、「自然に帰れ」という深い言葉を残したが、大自然に育まれる人間の情操こそは何よりもかけがえのないものなのである。福島の人々はそれを全て原発に奪われたことになる。

新緑の山も里もすっかり梅雨空に覆われ、すべての田んぼに早苗が並びおわると、大空にもっとも高く太陽が輝く。「夏至」（二十四節気　六月二十一日）。

（2013年6月22日）

鏡…語りかける歴史

昔は歴史のことを「鏡」といった。平安時代末期の歴史物語「大鏡」や「今鏡」の類である。自分の姿を映すのが鏡。古来より、歴史を振り返ることもまた自分のこころを映し出すものとされていた。過去はすでに存在しない世界ではあるが、歴史の鏡からは古人の囁きや訴えがたくさん聞こえてくるのである。しかし、鏡が曇っていたり人の眼の方が曇っていたりすれば、真の姿は見えにくくなる。

果たして、現代人は歴史という鏡に自らの姿を正しく映し出しているだろうか。目の前のことばかりに気を取られるのが人の世だが、温故知新という先哲の言葉もある。過去をしっかり見てこその未来であろう。

太平洋戦争をはさみ六十四年にわたった昭和という時代は、日本のみならず世界の歴史においても、決して消すことの出来ない大きな傷を負った。人類史上初めての原爆投下という大惨劇の当事者となったからである。それは同時に、後世に対して日本国が担うべき重大な役割を天から下されたということにもなるであろう。

まさにその使命を果たすべく、原爆の恐ろしさを世界に伝える語り部として、自らの顔と体に残るケロイドの写真を手に核兵器廃絶を訴え、「ノーモア・ヒロシマ、ノーモア・ナガサキ、そしてノーモア・ヒバクシャ」と叫び続けた山口仙二さん（八十二才）が先ごろ亡くなった。傷つき病んだ身体に鞭打ちながらの平和運動に捧げた生涯であった。氏に限らず戦争を実際に目の当たりにした世代は、すでに大半が八十〜九十才以上の方々である。彼らの鏡には、悲惨な戦争の情景と自分の生き様がまざまざと映っているに違いない。

もはや新聞の読者欄などでしか戦争の悲惨さや愚かさを訴えることの出来ない彼らの声は、後に続く国民や、今からを生きる若者たちの耳に、しっかりと届いておかねばならない日本人の真の歴史なのである。

確かに未来のエネルギーは国民全体が責任をもつべきテーマである。しかし、戦争と平和の歴史を映す世界の鏡には、原子力に対してどの国よりも敏感であるべき戦後日本の姿も映っているはずである。ずさんな安全管理と傲慢な運営体質を露呈し続ける原発の体制や、復興どころか収拾すら出来ないままなかば放置されているフクシマの実態は、今、世界中の人々の良心の目に注視されている。そんな中、国家のトップが笑顔で原発をセールスしている姿は悲しいくらいに異様である。

先日、夏の熊本城を訪ねた。みごとな楠の巨木たちが、しみわたる蝉の声とともに、梅雨明けの真っ青な天空に緑を爆発させていた。無数の石の組み合わせの美をみせる壮大な石垣や、重量感あふれる城郭をもつこの名城も長い歴史の中には光と影が入り混じる。

様々な古人・先人たちの営みが伝える歴史の囁きに耳を傾けると、その示唆はそのまま現代人のこころに通じることが多い。私たちはそこに何かを感じ、何かを学ぶことになるのである。まさに鏡としての歴史である。

二十四節気「大暑」（七月二十三日）。夏はとかく睡眠不足で、休日の昼寝の気持ちよさは格別である。目覚めたあとの気分も上々。暑気払いには冷たいビールもいいが、熱い緑茶の一杯もなかなかである。

うつぶせに寝るくせつきし昼寝かな　（久保田万太郎）

（２０１３年７月２７日）

行き合いの空… 自助力

小学生の頃の夏休み。マッチ箱に糸をむすび付け、カブトムシにひっぱらせて遊んでいた。神社の境内で偶然つかまえた立派な大きさのカブトムシで、友だちに見せると約束していたのに死なせてしまった。いささかイジメられっ子だった頃のことで、ただ友だちに気に入ってもらいたいための約束だった。死んでしまったことを正直に言えばいいものを、どうしようもなく焦ってしまい、何とかしなくてはと泣きそうだった。

急きょ姉たちに頼んで、一緒にカブトムシを採りに行ってもらったが、里山どころか丘や林すらない平野の土地（故郷柳川）にそうそうカブトムシがいるわけもなかった。川べりの柳の木にはカミキリムシはいるものの、二匹目をねらった神社でも見つけることは出来なかった。

あとから思えば、死んだカブトムシを見せれば済むことだった気もするが、その時はそんなことは頭にも浮かばず、友だちとの約束を破り、信頼を失うことだけがただただ恐かったのである。

二十四節気の「処暑《しょしょ》」(八月二十三日)。暦の上では夏の暑さがおさまるこの季節、行合《ゆきあい》の空という素敵な言葉がある。夏から秋へと暑気と冷気が行き合う空のことで、入道雲が湧き上がっている空に秋の鰯雲が見え、残暑の中にも秋の涼しさを肌に感じる。行く季節と来る季節が行き交ういささかこころざわめく風情の空である。

私たちの人生の四季にも行き合いの候がある。無垢な子ども時代から傷つきやすい少年少女時代に移り、恐さ知らずの青春期を通過すれば、やがて誰もが家庭人としての現実的な世界で生き始める。何かと確執の多い青年期や壮年期を経た後は、いよいよ人生の総括を考える時が来よう。その人生の変わり目ごとに私たちは皆、行き合いの空を見上げてきた。決して後戻りの出来ない一度きりの人生を歩みながら、もう一度会いたいと思う人に会えないまま時は過ぎ、会わずに済めばよかった人とはいつまでも対峙しなければならない。そのすべての思いと時間を受け止めながら、私たちは生きているのである。

その夏は結局、代わりのカブトムシは見つからなかった。そして友だちのこころもまたつかむことは出来なかった。失望し哀れむような友だちの顔がこころに残り、それが消え去るには、夏休みが終わり秋風の吹く二学期の途中まで時間がかかったように覚えている。その間はずっと憂鬱な空を見上げていたが、やがて学校の遊びも秋モードに変わりカブトムシの一件は自然に消えてしまった。

当時の子どもたちにとって（もちろん、今でもそのはずだが）友だちほど重大な存在はなく、仲たがいやケンカのあとの一番の問題は、その原因や善悪の決着などにはなく、お互いがいかにして早く仲直りするかにあった。実際、子ども同士のトラブルはほとんど、邪気のない子どものこころ自体がもつおおらかな力が解決してくれた。他愛のない子どもの世界のことだが、自分のこころの中で行き合う感情を子どもなりにじっと忖度《そんたく》する時間が、自らを助ける力を生み出すのである。

自助力の衰退は人のこころの殺伐さを助長する。私たちは悲喜交々のこころの移ろいの中で、その時その時の行き合いの空を見上げながら生きていかねばならないのである。

娘子らに早稲を刈る時になりにけらしも萩の花咲く　（万葉集）

（2013年8月24日）

おおらかさと鉄腕

マーくんことプロ野球選手田中将大投手が「鉄腕稲尾」の記録を更新中である。半世紀前、西鉄（現西武）ライオンズのファンに「神サマ、仏サマ、稲尾サマ」と称された稲尾和久選手（一九三七～二〇〇七）は、その豪快な投球に加え、おおらかで力強い素朴な人柄が多くの人々に愛された。巨人軍の長嶋、王選手らとともに昭和の大スターである。地元のファンはその活躍を報じるラジオ、テレビにくぎ付けだった。

時代は先の東京オリンピック（昭和三十九年）前夜の頃である。

二〇二〇年、オリンピックが再び東京にやってくる。スポーツの祭典や振興は大歓迎だが、招致運動の中に垣間見る政治的な欺瞞と姑息さが、品格と恥を知る国のイメージに後味の悪さを残した。東北を元気づけるオリンピックだと言いつつ、その被災地に遠い東京は、安全だなどと言い放つ政治家の軽すぎる言動は、歴史に学ぶことのない危うさと、「かつて日本が通った誤った道」への回帰すら感じさせる。国を動かす政界にこそ誠実でおおらかな人格の鉄腕が欲しいものである。

その稲尾投手の鉄腕がうなりをあげていた頃、実像と虚像を同時に提供するテレビの普及が日本の精神文化を変質させるほどの海外情報をもたらした。

世界は冷戦時代。旧ソ連の宇宙飛行士ガガーリン少佐の「地球は青かった」に始まる宇宙科学戦争はともかくも、キューバ危機では世界中が現実の核戦争の淵に立ち、初の日米宇宙中継の日には、第三十五代米大統領J・F・ケネディの暗殺の瞬間をテレビが映し出した。社会の事象は常に表と裏の背中合わせだが、日本の今日的な課題や病根もこの潮流の中ですでに生じている。この年（昭和三十八年）、終戦時に三五〇万人だった東京の人口は一〇〇〇万を超え、新幹線の開通が人口の都市集中と地方の過疎化を加速させた。時の首相が所得倍増を宣言すると、日本中が大消費の時代へまっしぐらである。

世界唯一の被爆国日本での原水爆禁止世界大会開催に国内世論が大きく動く一方で、日本原子力研究所が日本初の原子力発電を成功させた。この二年前のチリ地震の津波では東北三陸海岸などでの死傷者は一〇〇〇人に及んでいる…当時の昭和史を探ってみると現在との類似の多さに気付く。

歌は世相を表すというが、この年、「♪上を向いて歩こう」（坂本九）が全米でヒットし、サラリーマン人生の悲哀を「♪そのうちなんとかなるだろう」と無責任男（植木等）

が笑い飛ばした。また、「♪こんにちは赤ちゃん」（梓みちよ）は後に核家族化と少子化を予告したといわれた。

やがて日本は昭和元禄を経てバブルの時代に向かう。ともあれ、数百万の同胞と家族を戦火に奪われた日本人が、かつて戦った米軍の英雄やマリリン・モンローの艶姿を映画で楽しむに至るのにさほどの時間を要していない。国家がこれほどまでに劇的に生まれ変われたのは、昭和という時代の精神風土が、おおらかな柔軟性と鉄腕のごとき強靭さをあわせ持っていたからであろう。

そういえば当時のもう一人の鉄腕が、強く優しい正義の少年「アトム」（手塚治虫）だった。子どもたちのヒーローが未来の「原子力」の申し子だったことは、今思えば少々複雑だが、そんな様々な価値観が交錯する時代を自分はどう生きてきたのかと、今更ながら自問している。

二十四節気「秋分」（九月二十三日）。

（2013年9月28日）

青春時代

激しい雨の音で夜中に目を覚ました。寝がけに読んでいた本（川端康成短編集『掌の小説』新潮文庫）のせいか、故郷の風景や亡くなった母の夢を見ていた。

親の存在感とは永遠のものなのか、藁葺の古家で三十数年も寝たきりだったが気丈でもあった母に何やら諭されていた。枕元の緑茶の残りを飲み、読みかけの本を開いたが、この季節は布団の中が絶妙に気持ちいい。しばらくは夢とも現ともつかない気分で雨の音を聞いていたが、あれやこれやの想いが浮かんできた。

夜中に目を覚ますのは困ったものだが、唯一メリットがあるとすれば、今の自分が何を大事と考えているかに気付くことである。人間の記憶はコンピュータよりはるかに便利なもので、いつでもどこでも時空を越えて再現出来る。子ども時代、青年時代、さらに壮年時代から今日に至るまで…自由自在である。

中でも記憶の鮮明さにおいては、傷つき易い正義感や悲しいまでの無力感に苛まれる青春時代が一番だろう。いたたまれないような失敗と後悔の数々。友情の絆がありながらも傷つけ合う誤解や別れ。苦くもあり懐かしくもある記憶ばかりである。

実は最近、この「青春」という言葉が大学生や若い人たちの日常ではあまり使われていないようで気になっていたのだが、政治学者、姜尚中《カンサンジュン》さんが、著書『悩む力』（集英社新書）の中で見事にこのことを指摘し解明していた。在日コリアン二世としてのアイデンティティに苦悩した氏自身の青年期。その葛藤を背景にした分析は極めて鋭い。

「青春とは他者との間に狂おしいような関係性を求めようとするもの」であるはずなのに、「他者とは浅く無難に関わり、世の中で進行中のことにはあまりとらわれないように行動し」、生の人間臭さなどはあらかじめ切り捨ててしまう。まるで「脱色された」かのような生き方をする現代の若者たちの危うさを氏は指摘している。自分だけが取り残されそうな焦燥感や絶望感に陥りがちな青春期は、確かに残酷な季節でもある。しかし、若き日に悩み苦しむ経験こそが醸成する人間力の獲得を私たちは放棄してはならない。

人が他者を思い、その存在に想いを馳せることは、心身ともに傷つきながらもその相手と向きあっていくということである。現代人は人のこころを理性と感情などに都合よく仕分けしてしまうが、人間の自我とは、その人の全ての感覚が不可分に絡み合ったものだ。その自我と自我の激突を学ぶのが青春時代なのである。若い日に他者との関わりを避けてしまえば、悩む自分を自覚することすら出来なくなる。貧しさだって同じだ。昭和までの貧しさには明るさがあったといわれるのは、貧しさの中でこそ人と人とが必死に絡み合い、泣き笑いを繰り返して生活していたからである。

まだ真っ暗な道路にバイクの音がして朝刊が届いた。昔は新聞も今ほど分厚くなく、配達も玄関の引き戸に挟むような家もあって雨の日には新聞紙がよく濡れていたものである。空が白み始めた頃、雨は嘘のように止み、庭のうなだれた秋明菊の白い花だけが夜中の雨の強さを訴えていた。

夜露が霜にかわるという「霜降」(二十四節気　十月二十三日)。金木犀の芳香も薄らぎ、色無き風が一段と冷たさを増す冬隣の候である。

「♪青春時代の真ん中は、胸にとげさすことばかり」

(「青春時代」詞　阿久悠・曲　森田公一　昭和五十一年)

(2013年10月26日)

モノと心… 風花の候に思う

家庭で使っているパソコンが故障した。映像部分のトラブルらしい。修理しようと思ったら、修理代を考えると新しいものを買った方がいいという。いつの頃からかモノは修理するより買い換えた方が安い時代になったようだ。衣服なども、綻びを繕ったり、傷みや汚れの手入れに手間をかけるより買い直した方が現実的なのだろう。

街中には百円ショップなるものも増えた。品質はともかく、およそ日常生活にかかわるもの一切が用意されている。百円硬貨一枚でいったい誰が作ってくれるだろうかと考えてしまう。いくら安価に出来る生産システムだとしても、現代のモノづくりやモノの価値についてはいささか複雑な気持ちになる。老いて他界するまで、手のかかる仕事を抱えこんでは夜なべしていた大工の父が、作業の終わりには必ず、油を染み込ませた布で、鋸、鉋、鑿を手入れする姿がふと思い浮かんだ。「モノを大切に」とは遠く古い時代からの教えだろうが、モノが作られる過程を知る者は決してモノを粗末には扱わないものだ。

先日、NHK連続ドラマ「ごちそうさん」の主演女優、杏さんの役作りの姿が放送された。昭和の時代に憧れるという彼女は、普段使いの道具からこだわりたいという役者魂で刃物職人に自分仕様の包丁を依頼し、その名工の作業を見つめる表情が印象的であった。完成した包丁を受け取る姿勢は、間違いなくその道具を自分の血肉として尊ぶ人間性を感じさせた。

残念ながら現代はモノが作られるプロセスはほとんどブラックボックスの中である。誰もそれを直接目にすることがなくなった。利便性だけを享受し、モノとの真剣な対峙はなく、道具の本質を知ることもない。目の前にあるモノを見極めないうちに次のモノが現われるのである。

バケツの形状と品質が千年も変わらなかったという西欧の中世時代、人々は、手作りの道具で道を作り、家屋を作り、誰もがつねにモノと向き合いながら、先祖、先代から受け継いだモノの姿を大切に守り、数十年、数百年と維持し続けたのである。

最近、「モノの時代は終わった。これからは心の時代だ」とよく耳にするが、これは現代人のとんでもない錯覚であり、モノの本質を見ようとするこころを捨てた言いぐさであろう。

禅と東洋思想の大家、鈴木大拙（一八七〇〜一九六六）は、近代化の大波の中で、「自然やモノを力で征服する西洋的な発想に比し、モノと一体化し、自然と融合するのが東洋の思想である」と日本人の知性を世界に発信した。

私たちは自然とともに生き、モノとともに暮らしている。古来、人のこころがモノを作り、モノが人のこころを作ってきたのである。人のこころが仏の姿を生み出し、今度はその仏の像が人のこころを惹きつける。美しい景色に感動すれば、そのこころがまた美しい自然を探すのである。価値観の揺れ動く現代日本こそ、モノとこころの融合を再構築すべき時である。

落葉が進み山間部には冠雪も見られ始める二十四節気「小雪」（十一月二十二日）。この季節に風花《かざはな》という美しい言葉がある。晴天の青空の中をハラハラと舞うように落ちてくる雪のことで、本格的な冬の前触れとされる。寒空とはいえ陽光に煌めく風花が舞うのを見て、日本人はなんとなく冬のこころに春の明るさが広がるのを感じるのである。古人の感性に驚く。

（2013年11月23日）

文字の力、言葉の重さ

最近、辞典で調べものをすることが随分と少なくなった。手元のスマートフォンやインターネットで検索すれば瞬時に言葉の意味や情報が入手出来るからだ。便利この上ないが、些かなりとも言葉を生業とする者としては気持ちは複雑である。

開いた本の一ページは、読み手のこころの中に色々なものを喚起させる。それが文であり、言葉であり、文字・活字の力である。文言の一つひとつには書き手の想いが潜む。読書とは、筆者の真意や言葉の意味を、想像力を駆使して自分の世界に置き換えていく作業である。時には紙の質や手触り、表紙の装丁や書籍の匂いすら読書の一部になる。そこには本当の情報が伝達されるためのゆっくりとしたアナログ時間の流れが必要なのである。

以前、韓国の慶州を訪ねた折、美しい寺の門前で少々驚いたことがある。土産店のガイドの老婦人が、寺の美観や展示物などを説明していた時、突然、日本語で「イイもんはなーんも残っとらん。ぜーんぶヒデヨシが奪っていった」と冗談とも思えない怒りの口調になったのだ。

一瞬意味が分からなかったが、恨みの対象「ヒデヨシ」とは、あの豊臣秀吉（一五三六～一五九八）のことで、文禄・慶長の役（一五九二～一五九八）の戦いに憤っていたのである。数百年も前の遠い出来事に怒る心情に少々驚いたが、その時女性が手にしていた一冊の本が印象に残った。何度も何度も読み返えされ表紙もかなり傷んだ韓国の歴史書で、彼女は内容を全部覚えているらしく、実際に見た情景のように思い浮かべることが出来ると誇らしげであった。

確かに、もともと本とはそういう読み方をするものであったはずである。ならば、現代社会を飛び交うデジタルの文字群はどうであろう。果たして紙ベースの文字と同じ力を持っていると言えるだろうか。現われては消えていく、まるで動体視力が必要なくらい静止時間の短い文字情報は、こころの中に色々な情景や想像を喚起させる余裕を与えてはくれないのである。

そんな時代の反映か、一旦発信された言葉は放たれた矢のごとく訂正がきかないという恐れも薄れ、言葉に託す想いも責任も軽くなったようだ。国家の指導者は相手の反応次第で、ワープロの修正、消去のごとく簡単に前言をひるがえし訂正して済ます。「自分の国は自分で守ろう」と威勢はいいが、自分は戦場に行きますか…「安全は私が保障する」と大見得をきるならば、原発のそばに自宅を移せますか…、と少々へそを曲げたくなる。

五輪招致では、「キャッシュはある」などと品のない軽い演説をした人が、自分の「キャッシュ隠し」の弁明は重そうだ。中身は秘密の「秘密保護法」にいたってはシャレにもならない。失言は多くの場合、本音である。言軽ければ、理由など後からいくらでもつくる厚顔さもまかり通るのである。

古来、身を縮めながら春を待つ「冬至」（二十四節気 十二月二十二日）の候。この日を境に再び陽気が戻る「一陽来復」の好日で、賀状を書く時節でもある。綺麗なワープロ印刷ばかりの今、昔の映画のように涙で滲んだインク文字までは期待しなくとも、台所仕事の合間に子どもと一緒に食卓で書いた、少し汚れた葉書も楽しいものだ。とは言うものの、カウントダウンとともにいち早く届く若者たちからの Happy New Year のメールに喜ぶ、情けない自分もいるのだが…。

（2013年12月28日）

2014年

幻灯機

小学一年生の夏だったと思う。十七歳も年上で、半分父親のような存在だった長兄が幻灯機を作ってくれた。学習雑誌の付録で、厚紙を組み立て、セロハン紙に描かれた漫画の絵を箱の中の電球で照らすだけの工作玩具だった。

幻灯機とはいかにも古い呼び名だが、現在のスライド映写機と同じ原理である。外が暗くなるのを待ち、寝たきりだった母の部屋に父と兄弟姉妹が集まり、壁に映しだされる赤、青、黄の単純な光の絵に歓声をあげた。多分喜んだのは末っ子の私だけだったのだろうが、その夜は嬉しくて遅くまで興奮して眠れなかった。今思えば、あまりにも他愛のないアナログ時代の映像だったのだが、子どもの目には未来を映す大魔術のように映ったのである。今日のデジタル時代の映像など夢幻の世界にも想像しなかった頃のことである。

先日、大型家電品店で今話題の４Ｋテレビのデモンストレーション映像を観た。ハイビジョンの四倍という解像度の画面は想像以上の美しさで、いずれはボタン一つで画面が曲面に変るものまで登場するらしい。そんなものが本当に人類に必要なのかなどと大袈裟に反発してみるものの、科学技術の進歩には驚嘆するばかりである。

もちろん私の日常にもテレビが入り込んでいる。時間泥棒の悪癖と悩みながらも、朝起きれば無意味にスイッチを入れ、喧騒なバラエティと政治家の嫌な顔の多さにイライラしながら、観てもいない番組をつけっぱなしで、家人にも呆れられている。それにしても、生まれた時から4Kテレビやスマホの映像を見続ける子どもたちは、将来いったいどういう世界を夢見るのだろうか。

一方、何十人、何百人の人たちが情熱を結集して創る映画映像の素晴らしさは昔から格別である。科学技術の進歩とは対照的に、こちらは古来より変わらぬ人のこころを描き続けてきた。

先日、山田洋次監督の『東京家族』(二〇一三)をみた。戦後昭和を代表する名画『東京物語』(小津安二郎監督 一九五三)のリメイク版であるが、六十年前と何も変わらない日本のどこにでもある家族の物語である。前作も何度も観たが、平凡な人間のほんの些細な心情の絡みを大画面に映し出し、無数の人のこころを揺り動かす二人の巨匠の感性にあらためて感動した。

しかし、私たちも日常生活の中で、自分の思いを精いっぱい表現して相手に届けねば社会生活は営まれない。優しい気持ちをたくさん秘めながらも、他者との関わりが苦手といわれる現代の若者たちには特に、小さくとも大切な自分の思いを、かの幻灯機のように思い切って大きく表情に映し出して、相手と対峙して欲しいものである。

大晦日の朝、あの幻灯機を作ってくれた兄が亡くなった。皆の集まる正月が今年は兄の葬送の日となった。自分の贅沢はまるで求めず、老いた父母にかわり家族のためだけに働き続けた兄。私自身、与えられるばかりで、与えたものの少なさに悔いが残る。

「孝行をしたい時に親はなし」ではないが、相手は誰であれ感謝のこころを示すのは少しでも早い方がいい…。

刈り取ったままの冬田の脇を歩くと霜柱の上をなでた風が耳に痛く、寒の雨はさらに冷たい。しかし「大寒」（二十四節気　一月二十日）を過ぎれば、もう寒の明けは近い。春立つ節分や梅の便りもちらほら聞こえてくる。

（2014年1月25日）

忘れつつあるもの

関東地方では十数年ぶりらしい大雪の日、東京都知事選挙が行われた。当選を喜ぶバンザイ、バンザイの歓声の中、新知事の第一声に少々違和感を覚えた。

「まずは全力を挙げて東京オリンピックを成功させ」、「東京を世界一の都市にする」というのである。確かに世界のトップ・アスリートたちの競演は誰もが感動し楽しみにするスポーツの祭典である。しかし、東北地方の現状を思えば、今手放しで歓喜出来るものでもない。まして、六年後のオリンピックが首都を預かる最初の政策とはとても思えない。

中央政治の傲慢さと東京の驕りすら感じるのである。その東京の電力をまかなう福島原発の惨状は未だまったく収まっていない。震災から三年、自宅どころか故里の地に入ることすら出来ずにいる人々は、いったいどんな思いでこれを聞いたのだろう。今の日本、何かを忘れつつあるようだ。東京開催決定時の関係者のはしゃぎかたも被災地に対してはいささか気が引けるものがあった。

ふと、昭和の最後の年に全国に広まった「自粛」という言葉を思い出した。昭和天皇の病状悪化が伝えられる中、祝い事やイベント騒ぎなどは出来る限り控え、街の照明や夜のネオンなども極力消して、陛下の平癒を願う過度なくらいの自粛ムードが国中を覆った。

東日本大震災の死者・行方不明者は二万人近く、避難民は数十万人におよぶ国家的な大惨事である。意味は違っても、これこそまさに国家的自粛の時であろう。過酷な体験に苛まれたあげくの自殺もふくめ不安と焦燥の避難生活を余儀なくされた人々の死者数が、地震と津波による直接の死者数を上回ったとする地域の調査結果も報道されている。

与党女性幹部議員の、「原発汚染が原因での死者はまだ一人もいない」との発言など、国民との問題意識の乖離に唖然とする。世界的衝撃だった旧ソ連・チェルノブイリ原発事故（昭和六十一年）の際、「原発批判は科学的根拠のない宣伝」として、その絶対安全を主張した政府と電力業界は、この平成の四半世紀の間、何も学ばなかったことになる。

それにしても最近、国の責任者たちの言葉や表情が変である。公の場という緊張感が全国放映中の国会でさえうかがえない。考え方や政策の違いはやむを得ないが、質問者を小馬鹿にしたような不真面目な答弁、意に沿わないことへのあからさまな不満顔など、幼児性や自我の露出にもまるで羞恥心が感じられない。先の知事選で、他候補を「人間のクズばかりだ」と口汚く罵倒した応援演説は、公共放送の経営委員の言葉だった。見るにおぞ

郵便はがき

料金受取人払郵便

812－879

16

博多北局
承認
0426

福岡市博多区千代3-2-1
麻生ハウス3I

差出有効期間
平成29年10月
31日まで

㈱ 梓書院

読者カード係 行

ご愛読ありがとうございます

お客様のご意見をお聞かせ頂きたく、アンケートにご協力下さい。

ふりがな お名前	性別（男・女）
ご住所 〒	
電話	
ご職業	（　　歳）

書院の本をお買い求め頂きありがとうございます。

の項目についてご意見をお聞かせいただきたく、
記入のうえご投函いただきますようお願い致します。

求めになった本のタイトル

購入の動機
書店の店頭でみて　2新聞雑誌等の広告をみて　3書評をみて
人にすすめられて　5その他（　　　　　　　）
お買い上げ書店名（　　　　　　　）

書についてのご感想・ご意見をお聞かせ下さい。
内容について〉

装幀について〉（カバー・表紙・タイトル・編集）

今興味があるテーマ・企画などお聞かせ下さい。

ご出版を考えられたことはございますか？

・ある　　・ない　　・現在、考えている

ご協力ありがとうございました。

ましく、聞くに耐えない。

古来、「言魂《ことだま》の国」日本では、言葉には魂が宿るものとしてその尊い力を畏れ、物言いの品格を何よりも大切にしてきた。「美しい日本」などという政治的スローガンの中には、恥を知る日本人の精神風土の根幹が忘れ去られているようだ。次代の範たる大人たちが、日本の大切な歴史や文化をしっかりと学び伝える役割を放棄しては、次代を生きる若者たちの未来はあまりにも危うい。

早春の二月。水温む、「雨水」（二十四節気二月十九日）の候も近いが、この時期の雨、風はまだまだ冷たい。近年では九州で雪が舞うのもほとんどこの時期である。しかし、もっと寒々としているのは、何かを忘れ、何かを失くしつつある現代日本のこころの風景かもしれない。

（2014年2月22日）

昭和の宝物… 戦争と平和

明治・大正の時代と、平成の現代とをつないだ昭和の六十余年は、まさに激動の歴史模様を展開した時代であるが、太平洋戦争をはさみ、明治・大正の延長線上にあった戦前の昭和と、価値観が激変した戦後の昭和とに二分されたため、他の時代にはない大きな教訓を得ることになった。

昭和の残した最大の財産、宝物は、まさにその戦争と平和の体験である。前者は、同胞数百万人の尊い命を失った悲惨な経験から戦争の過ちと罪を骨の髄まで学んだことにあり、後者は、生き残った世代がその大きすぎた犠牲を忘れることなく、ひたすらに平和の素晴らしさを享受出来たことにある。時として、「平和ボケ」などと揶揄されるが、それほどに平和という尊い宝物を日本人は守り続けてきたのである。憲法論議もそこそこに、武器輸出の解禁などと、思わずギョッとするような言葉があっさりと政府から飛び出るような今日、平和国家日本はどう舵を切ろうとしているのだろうか。戦禍を決して風化させず平和を維持してきた先人たちに説明がつきそうにない。

根っこは同じ問題で、今何かと騒々しいNHKだが、先日の番組(「クローズアップ現代」三月六日)で、少しばかり公共メディアとしての良心の復活を感じた。

会長や経営委員の発言がもたらした自らの組織の問題にも言及し、国谷裕子キャスターとキャサリン・ケネディ駐日アメリカ大使の対談も、本来のインタビュー番組の感じよさがあった。日米間の現代的課題についてきちんと聞く国谷さん、同じく穏やかにきちんと答える大使。立場や思想は違っても、言葉遣いや表情に、公人としての品格とメディアの礼儀があった。こんな当り前のことがとても新鮮に見えるほど、今日のメディアに溢れる政治論争は思惑ばかりの浅薄さで喧噪である。国会論議すら国民の未来を展望しているようには思いがたい。政策論争での攻撃的な言葉は極めて恣意的であり、相手への憎々しげな態度も隠さない。

己と違う意見をあらかじめ排除しようとする姿勢には、政治的打算だけの醜さしか残らず彼らの表情は澱んで見える。若者たちのコミュニケーション能力不足や教育改革を声高に叫ぶ前に、メディアに流れる公人としての真摯な姿勢にこそ、まずは意識をおくべきであろう。

さて、遅々として進まぬ東北地方の復興。ある意味の戦争である。こちらの戦場では、わずか三年で「風化」という、嫌な言葉が現実化しつつあるように聞く。そんな中での先のオリンピック招致騒動は、いかにも国家としてのチグハグさを露呈した。
主要都市が焼け野原だった戦後、わずか十数年で開催に猛進した前回の東京五輪が、日本人の勤勉さを世界に発信するものだったとするならば、今回は、日本が開催国候補を潔く辞退する勇気を世界に示すチャンスであった。未曾有の国難に対して、国家・国民の総力で立ち向かい、震災地の復興と原発事故への対応に全力をあげる姿勢をこそ、世界に発信すべきではなかったのか。
真の国力とは、国内外を問わず人類平和を希求するこころと、世界に恥じない国家としての品格を示すところに生まれるものだからである。

「春分」(二十四節気　三月二十一日)の陽気をはこぶ風の中、畑の残り菜に黄色の花が薫る。

(2014年3月22日)

「なぜ？」のちから

書店で、「マイナスにマイナスをかけるとなぜプラスになるのか？」（「中学数学再入門」中山理・中公新書）という帯紙の言葉が目に入り、あまり得意じゃなかった懐かしさもあって読んでみることにした。

学校の勉強にかぎらず、普段は当たり前に思えていることでも、いざ説明が出来るかというとなかなか怪しいものである。日常の様々な「なぜ」を学ぶ小学生時代はともかく、中学、高校と進み、やがて社会人ともなると、生活の中の素朴な「なぜ」を考えることがどんどん少なくなっていくようだ。「なぜ」を問うこころが人間を成長させるのは、太古の昔から変わらない真理である。

古来、人間はあらゆる事象に「なぜ」と問い続け、理由や理屈の分からないものには不安と疑念を持った。ばかばかしくても幽霊は怖いのである。なぜ花は毎年同じ姿で咲くのか、なぜ人は生き、死ぬのか。この世のすべては不思議のかたまりである。しかし、その思い及ばぬ世界に対し、驚き、喜び、悩みながら、「なぜ」と問い続けるからこそ、人は人としてのこころと生命の糸を紡いでいるのである。

小学生の頃、学校でトランジスター・ラジオを作った。どうして音声が聞こえてくるのか、目に見えない電波とやらに子どもたちは興味津々で、先生の説明に耳を傾けた。紙芝居がテレビにかわった衝撃の時代も経験出来た。

戦後の昭和は、技術革新の波を子どもたちがじっくり見つめた時代だった。子どものころは、勉強でも遊びでも、常にその意味と仕組みを納得したいのである。どんな教科でも、先生に「理屈じゃない、覚えるしかないんだ」といわれる丸暗記はいやだった。自分の不勉強を棚に上げて言えば、「なぜそうなるのか」に納得がいかないとヤル気は半減した。数学の因数分解や方程式も、その使い方や問題の解き方よりも、その原理や意味、出来れば何のためにそれを使うのかを知りたかったのである。授業内容とは少し離れた質問に、渋い顔ながらも答えてくれる先生の話に納得した。今やネットを使えば世界中の情報を瞬時にキャッチし、個人の情報も簡単に送受信出来る。しかし、なぜそれが出来るのかという疑問は、利用者の頭から消え去っている。

昭和の時代はもっと「なぜ、どうして」を考える余裕があった。それを一つずつ納得しながら、ゆっくりと時間が過ぎていた。今日ではパソコンや電子機器の凄まじい能力を前に、子どもも大人も、「なぜ」を考える余裕も必要もなくなった。便利さの裏ではすぐに慣れにかわり、仕組みや理屈は考えなくなった。かつては全ての部品を組み立てた車整備のプロも、今では肝心の部分はコンピュータ制御のブラックボックスで手が出せないという。現代社会はこんなことが随分と増え、あらゆるところで「なぜ」に向き合わない時代になったようだ。しかし、それがモノのうちはまだいい。人が人と関わるこころの中に生じるブラックボックスともなると、ことは深刻である。

人のこころは、「マイナスにマイナスをかけ」ても、決してプラスにはならない。それは間違いなく人間力の衰退にしか行き着かないからである。

「穀雨」（二十四節気四月二十日）の候。水温むこの季節の雨は大地に優しく、百穀を潤すとされる。春の名残りの中に、夏立つ日の近さを感じる。

（２０１４年４月２６日）

おだやかな心

懐かしい日活映画、「銀座の恋の物語」（主演・石原裕次郎、浅丘ルリ子）、「いつでも夢を」（同・橋幸夫、吉永小百合）、「上を向いて歩こう」（同・坂本九、浜田光夫）など、数本を立て続けに観てしまった（ＮＨＫ・ＢＳプレミアムシアター）。

いずれも昭和三十七〜三十八年ごろの作品である。男女の恋愛ものが多かったせいか、昔、小学校の先生には、「日活映画なんか観たら不良になるぞ！」と怒られたが、今思うと少々滑稽で微笑ましい話でもある。当時は映画娯楽が全盛で、高尚な文芸作品も多かったが、アクションスターや人気歌手のヒット曲に合わせた青春ドラマが次々に作られていた。一見他愛のないストーリーに、逆に今、当時の青年たちの真面目さやおだやかな時代のこころを感じ、連日のテレビ視聴となったのである。中には、ギターを背負ったヒーロー（小林旭）がなぜか馬に乗って町に現われ、悪人たちを懲らしめた後また馬で去っていく、なんとも国籍不明型の映画にもファンが熱狂した良き時代である。

そんな懐かしい映画に青春のこころを躍らせた世代が今、配偶者や身近な家族の認知症に苦労し、自分自身にもその不安を覚えつつある。先頃、「認知症八〇〇万人時代」（NHKスペシャル 五月十一日）が放送された。徘徊などによる認知症の行方不明者が一昨年一年で延べ九六〇七人、内三五一人のかたが亡くなっていたという。ただごとではない。十年もしないうちに独居老人が七五〇万人になる日本。そのほとんどが戦後の昭和を生きた人たちだ。

番組中、介護施設での印象的なシーンがあった。表情を失い、他者からの呼びかけにも徐々に無反応になっている人が、青春歌謡「高校三年生」（舟木一夫 昭和三十八年）の曲を聞かされると、指を動かしながら手拍子をとっていた。外界との絆を持てなくなりつつある彼らの脳裏には、一体どのような映像が浮かんでいるのだろう。幸福感に満ちた思い出か、悲しみに沈んだ記憶かは他者にはうかがい知れないが、いずれにしても、それは間違いなく彼らが生きた昭和の風景であろう。

若き日に見た映画のシーンやその場面に重なる自分自身のときめいた姿なのかもしれない。逆にもし悲惨な戦争体験の地獄絵だったりしたら、人生の終盤にそれはあまりにも悲しい。こころの世界はいつも優しくおだやかな風景で満たしておきたいものだ。おだやかなテンポの昔の映画にくらべ、ＣＧ技術を駆使した最近のハードな映像には少々疲れるが、日本人の情感や価値観にもその乱暴さが出始めたようだ。

今、戦争を怖がらない政治家が増えている。怖いことである。軍事という大愚が引き起こした、取り返しのつかない犠牲に学んだ日本の尊い平和理念に対し、自ら武器を作り、輸出し、軍事力を持って国を守ると居丈高にもの言う人々こそ、戦争という巨悪を忘れた平和ボケであろう。祖国を憂い、隣人を愛するおだやかなこころをどこかに置き忘れた彼らが次に言い出す言葉は、「この程度の軍事力では不十分。平和を守るには、もっと…」となろう。

そもそもいったい誰がその武器を手に取り戦場に立つのか。そんな時代を生きねばならない若い世代が、今、その危機に気付かずにいるとしたら、さらに恐ろしい。

陽気に万物が息づく「小満」（二十四節気　五月二十一日）。早苗が一斉に各地の水田を覆う。五月尽《ごがつじん》。

（2014年5月31日）

風鈴

悠久の時間が過ぎていく大地は季節ごとにその姿を変える。ごく身近な散歩道でも同様。つい先ごろまで枯れた稲の切り株ばかりだった冬田も、季節が到来すれば一斉に耕され、たっぷりと水を張られた初夏の田は、早苗がすくすくと背を伸ばし、あっという間に立派な青田に姿を変えた。美しい日本の原風景である。

梅雨まっさかりとはいえ、夏至（二十四節気 六月二十一日）を過ぎると空気はすでに夏のものである。近年は真夏日さえやってくる。晴れ間があれば家々の窓は開け放たれることも多く、早や軒先の風鈴の音が耳に入る。音に誘われあらためてその様子を見ると、風を拾う短冊の揺れを受けて鐘をたたく内側の錘《おもり》、これを風鈴の舌《ぜつ》というが、その動きが面白い。鐘も昔ながらの南部鉄や真鍮、陶器、ガラスなど多様で、ゼツの作り方もそれぞれにいい音色を作り出す工夫があるそうだ。短冊とゼツと鐘が、夏薫る風と戯れながら奏でる涼音が、再びその風に運ばれて人の耳に届くのである。

このような風物の四季と同じように、私たちのこころの四季もまた、刻々と移り行くものである。日々の出来事をさまざまな風に例えるならば、短冊のように複雑に揺れる心情が、いわば風鈴のゼッとなってこころの鐘をたたき、私たちの日常を奏でるのである。時代と社会、時間と空間に揺り動かされながら、その瞬間、瞬間を私たちは生きている。しかし、残念ながら遥かなる大自然と決定的に違うところは、私たちの人生は夢幻のごとく短く限られているということである。

人は皆、思春期の頃、あるいは青・壮年期に至る時期か、自分の生がたった一度きりに限られていること、そしてその主役である自分自身は決して他との交換が出来ないことを思い知らされるのである。ところが人は臆病にも、自らの理想と現実のはざまに自分を隠し、その重たい事実を意識することを避け、放置し、やがては忘却して短い生の日々を浪費してしまうのである。

後戻りの出来ない道は誰もが怖い。否応のない選択と決断の連続こそが人間の生そのものであり、私たちの人生には後悔の種が尽きることはない。しかし、そのことから目をそらし、いたずらに時間だけが消化されていく焦燥感や、終着駅が分らない不安にかられる人生は、どうしようもない自己嫌悪の渦に苛まれ、まさに「フトンをかぶって寝てしまいたい」ような思考停止の人生になりかねないのである。

つまるところ私たちは、悲喜こもごもの過去を振り返りながらも、常に逆風を胸に受けつつ、前向きに生きねばならないのである。前に進まねば何ものにも出会わず、何ものも生まれてこないからだ。大げさにいえば、人生行路を走り抜くには、つまずく時ですら前のめりに倒れるしかないのである。

先日、いい言葉を耳にした。

「一生懸命やって勝つことの次に素晴らしいことは、一生懸命やって負けることだ」（NHKテレビ・朝ドラ「花子とアン」）。決断に迷う主人公を励ます幼友だちの言葉だった。

若者たちに伝えておきたい。

手ごたえのある豊かな人生の鐘を鳴らすには、その若く健康な身体の中に、いかなる寒風をも薫風のように受け止める感性と、自らの生きる術と務めをしっかりとつかみとる知力とを、先哲たちに学ぶことが不可欠であることを。

（2014年6月31日）

想像力と本

いつもの田んぼ道を歩いていたら、夕涼みらしい母子三人とすれちがった。突然、「お母さん、カエル、カエル」と男の子二人が叫んだ。てっきり水田の中のカエルと思ったら、二人が指差していたのは雨あがりの淡く朱に染まった夕焼け空で、大きな雲がいくつも流れていた。たしかにその中に、両足を延ばしてジャンプする巨大なカエルがこっちを向いていた。

夜空に散らばる無数の星を結びつけ、神々の物語を作り出した古代人の想像力は、今、雲の中に動物を見つけ出す子どもたちの中にも生きている。

そんな人間の想像力を育てるのは、まずは大自然の力であろう。山や林を駆け回って虫を追いかけ、裸足で小川に入っては小魚をすくい、田んぼや用水路のカエルと遊んだ経験こそが、豊かな感性としなやかな想像力の土台を築くのである。目の前にないものが見え、未来の姿を映像化出来る人間の想像力は、どんな精巧な電子機器も追いつけない。この不可思議な力を養うもう一つの原動力が、人間の言葉であり文字の世界である。現代社会には、時代を超えて読み継がれている先人たちの英知の結晶がある。

最近、学生や若い人たちに会うたび、「今、どんな本を読んでますか」と問うが、「いやー、今はあんまり…」、「特には…」という返事が多い。勉強や仕事上の本ではない。教科書だったら学生たちの背負うバッグの中には分厚い本がぎっしり詰まっている。そんな彼らは、自分の生きる社会や国の未来に一体どのくらいの想いを馳せているのだろうか。

どんな道具も使わなければ錆がくる。彼らには若き日の瑞々しい想像力を枯渇させることなく、文学、哲学、歴史、科学… 何にしても自らの想像力を突き揺さぶるような名文・名著に触れて欲しいのである。職業柄、私自身は一年中本を手離すことはないが、決して勉強熱心というのではない。活字世代のせいか、どんな文でも情報でも、その意味と筆者の想いをしっかりと受け止めるには、その言葉を活字として味わう時間が不可欠なのである。

今更ながら、読めば読むほど知らないことの多さにため息がでる。しかし妙なもので、新しくものを知った喜びもまた同時に込み上げてくるものである。

現代ほどには本が溢れていなかった子どもの頃、文学好きだった長兄の本棚に「文藝」という月刊誌（現在は季刊）が並んでいた。二回り近く年上の兄の本だから、こどもには少々無理な内容だったろうが、幸い昔の本はかならず漢字にひらがなのルビがついていて、小学生でも読むことが出来た。子ども向けの冒険小説と同様、知らない世界への空想と興奮が広がったが、実はそれは戦後の昭和を代表する作家たちの若き日の作品群だったのである。同時に、当時の激動の世相もまた活字としてしっかりと記憶に残った。

今振り返れば、半分は想像に頼った無茶な読書だったが、後の人生の貴重な糧となり、どれほど自分の思考を支えてくれたかは、言葉に出来ないくらいである。私にとっては、本の力、読書の力、まさに畏るべし、なのである。

二十四節気「大暑」（七月二十三日）、夏本番。歌人 柳原白蓮は、九州の夏雲を仰ぎ見ながら、ままならぬ我が身のやるせなさを詠んだ。

流れゆく水の如しとみずからを思いさだめて見る夏の雲

（白蓮歌集「地平線」ことたま社）

（2014年7月26日）

蝉時雨

縁側のガラス戸を開けると、朝から一斉に蝉の声。住宅地だから、芭蕉の「閑かさや岩にしみ入る蝉の声」とはいかないが、昔の俳人の感性どおり、自然の音はうるさくは聞こえず、逆に夏の盛りの静寂を感じるから不思議である。もしこれが人為的な機械音だったらどうだろう。誰もがいらだち、音の発生源に目くじらを立てる。大自然の優しさのなせる業である。

そんな夏の日暮れ時、川沿いの散歩道で初めてカワセミの水中ダイビングを見た。同じセミでもこちらは川蝉。空飛ぶ宝石と呼ばれる、鮮やかな瑠璃色の姿で滑空する人気の野鳥である。一瞬のことで驚いたが、もう少し見たいこちらの気持ちを察したかのように、すぐ近くの木の枝に戻り、小魚を狙って二度、三度と川に飛び込む姿を見せてくれた。なんだかすごく得をした気がして嬉しかった。

先日、高等学校の新しい国語の教科書をお借りした。数十年前の高校時代にはさほど勉強したいとも思えなかった教科書も、今見ると少し面白い。内容は断片的で、誰もがよく知る作家や名作ばかりだが、久しぶりにページをめくるとちょっと新鮮な気がした。授業だ、試験だと思っていた頃はそんな気にはならなかったが、今は懐かしさも手伝い、一冊の本として一気に読んでしまった。

古文の単元に万葉集があり、「子等を思ふ歌」の反歌として知られる「銀も金も玉もなにせむに　優れる宝　子に及かめやも（山上憶良）」が目に入った。

当時はこれら有名どころの歌は全部暗唱させられ苦労したが、ご自分では嬉しそうに講義される老先生の白い眉と優しい眼が浮かんだ。「我が子以上の宝物がどこにあるかという意味だ。お前たちも人の親になれば分かる」と、大事な箇所ではいつも窓の外に目をやり、自分でうなずかれる先生であった。

そんな万葉の頃から続く親子の情愛や、日本人の誇りであった他者に対する惻隠《そくいん》の情が、いつのまにか荒廃してしまったような昨今の事件に少なからず戸惑いを覚える。純粋であるがゆえに、大人を理解出来ず闇をさまよう子どもたちの犯罪。大人たちの都合がその悲惨さに追い打ちをかけ、お互いの優しさすら行き違ってしまう。

国家もまた同様。経済最優先の空回りは人心の温もりを喪失させ、昭和の時代にさんざん思い知らされたはずの戦争の愚と平和の尊さを忘却し、仮想の敵と闘う義務や好戦的な潔さに日本人の美学を回帰させているかのようだ。そんなところに少しでも党利党略や政治家の恣意が混じれば、国民はとんでもない危険な舵取りに未来を託すことになる。

今私たちが取り戻すべきは、真の大和魂《やまとごころ》の理解かもしれない。

かつては戦意高揚に利用されたりしたが、語源は古く源氏物語に発し、本来は日本人の豊かな知性と感性の発露のことであり、うるさいはずの蝉の声すら風情のある時雨の音として受け入れる、大らかで優しいこころのことである。

残り少ない子どもたちの夏休み。未来を生きる彼らには、耳障りに軋む日常の音から離れ、海に、山に、大地の懐に抱かれる時間を目いっぱい過ごして欲しい。

暑さ和らぐ「処暑《しょしょ》」（二十四節気　八月二十三日）を過ぎれば、もう「白露《はくろ》」（九月八日）が近い。里山の草花が朝露を結び、人々が十五夜の月を待つ秋の気配が忍び寄る。

（2014年8月30日）

上を向いて歩こう

先日、東京五輪（昭和三十九年）聖火リレーの最終ランナーだった坂井義則さんの訃報が伝えられた。あの時代を知る者は、当時十九才の彼が凛々しい姿で聖火台に点火するシーンが目に焼き付いている。あれからちょうど五十年。さすがに「昭和もいささか遠くなりにけり」といったところだろうか。

戦後生まれの「団塊の世代」は、あの頃、中学生や高校生であった。私たちの同級生は現在の同年代人口の二倍くらいいて全国どこの学校でも小・中・高の順でクラスの数が増え続けていた。少しばかり競争社会だったかもしれないが、何はともあれ自国での戦禍を見ることもなく、国の経済は徐々に成長し、国民誰もがそこそこの豊かさを感じ始めていた、実に平和で幸運な時代を生きていたように思う。日本中の都市が焦土と化した敗戦後わずか十数年後のことである。身をもって戦争の愚を思い知らされた、当時の日本人の復活力には今更ながら驚嘆するが、その原動力は、古来より悲しみの中でも他者を慮る日本人のこころのしなやかさにあったのではなかろうか。

全国至る所で「東京五輪音頭」が流れていた、ちょうどあの頃封切られた映画「上を向いて歩こう」(日活　一九六二)が、数日前のテレビ(NHK　BS)で放映されていた。若い日は、誰もが自分自身の生き様に悩み苦しみながら他者とも争う。信じたいのに信じられず、惹かれているのに憎しみをつのらせる。しかし、お互いを傷つけあいながらも、やはり前を向いて生きていくしかない…そんなたわいのない青春映画だが、その中に流れる若者たちの爽やかさに、現代人が忘れかかっているものを強く感じる。

そもそも人が生きるとは、悩みに悩んで悩み抜き、考えに考えて考え抜くことである。デカルト(仏・哲学者　一五九六〜一六五〇)の「我思う、故に我あり」の言葉をかりるまでもなく、喜びも悲しみも怒りも、時には絶望さえも人間の思考そのものであり、人間の人間たる証明である。

この平成の世、私たちは眼前のあらゆる物事に対して真剣に向かい合い、深く思いをめぐらせているだろうか。多くの若者が四六時中覗き込むスマホの中に現実はない。面倒な現実との関わりを避け、モノを考えなくなった人間は、苦しい葛藤に身もだえすることもないであろう。しかし、心身に大粒の汗をかきながら人間として悩み抜き、考え抜くことのない人生に真の豊かさは実らない。

坂本九さんが歌う「♪上を向いて…」は決して単なる上昇志向の意味ではない。人の涙は現実との葛藤の証なのだから、「♪涙がこぼれないように…」その現実の苦しみをしっかりと自分のこころに取り込み、熟成させ、明日を生きる喜びに変えていく時間もまた素晴らしいということである。悲しみと苦難に耐えながらも他者への優しさをもち続ける限り、生きる力が消えることはない。だから、この歌は誰もが笑顔で歌えるのであろう。

現代人は今こそ、しっかりと考え、悩み、そして立ちあがる、そんなしなやかで強いこころこそを取り戻さねばなるまい。誰にでも時おり訪れる喜びの瞬間は、そのご褒美なのである。

「秋分」（二十四節気九月二十三日）。澄みきった空気が里山の風景をくっきりと映し出す。祖先を敬い亡くなった人々を偲ぶ秋の彼岸は、日本人のこころもまた澄みわたる季節である。

（2014年9月27日）

曲がり角の先には…

♪夕空晴れて秋風吹き 月影落ちて鈴虫鳴く…

テレビやラジオから聞こえてくるそんなメロディーをふと自分も口ずさみ、堪えがたいような郷愁にかられることがある。小・中学校の校舎や教室、高校の体育館の片隅や通学路も目に浮かぶ。

年齢のせいだろうが、若き日への想いとはいかにも切ないものである。妙な言い方だが、自分の未来など分かるはずもなく、日々の出来事に追われて生きていた、その頃の自分がとても愛おしい。不安なことには死にたくなるほど悩み、一方ではワクワクするようなこともたくさん思い描いていた。遠い将来には思いが及ばず、今日、明日のこと、来週、来月、せいぜい翌年のことを考えていたように思う。

そんな頃、大工の父が勉強部屋をつくってくれた。それは部屋というより梯子で登る畳二枚くらいの屋根裏だったが、この贈物は私にはとてつもない喜びであった。我が家は旧柳河藩の城内に位置した築百数十年の藁葺家で、襖を開け放てば家じゅうが一間になるようなところに両親と兄弟姉妹が生活していた。

紺屋の白袴というのか、床や戸など少々傷んでいようが傾いていようが、自宅の造作にはほとんど手を加えなかった父だが、さすがに末の子の頼みには甘く応えてくれたようである。屋根と庇の間の隙間を小さな窓にしてもらったので、そこから見る人の往来すら新鮮な光景で、勉強部屋というより、よく言えば自由な思索の空間であった。以来、本来の目的はともかく、自分を考える時間と好きな読書にはおおいに恵まれることになった。

先のNHKドラマ「花子とアン」の最終章は「曲がり角の先に」というタイトルであった。そこに何があるかは分からないが、「きっと一番いいことが待っている…」と、人が生きていくことへの作者の熱い想いが込められていた。しかし、皮肉にもその最終回の放送日に木曽の御嶽山が突然噴火し、登山者五十数人の命を奪った。人智の及ばないこととはいえ言葉もない痛ましさである。

有史以来人間はこのような大自然の脅威に加え、自らの愚かさがまねく戦争という諍《いさか》いの悲劇にも苛まれてきた。現在でも、繰り返される爆撃におびえる中東の子どもたちの、まるでモノを考えることを忘れたような、悲しげな眼差しが浮かぶ。人がなんとか生きようとする気力すら奪う、国家の都合にまったく理はない。

♪思へば遠き故郷の空 ああ我が父母いかにおはす…

すでに我が親はないが、懐かしい産土にこころ遡る時、自分にも随分と曲がり角があった気がする。時にあてもなく成り行きで、時に心躍らせながら恐々と曲がってきた。そのたびに新しい景色と新しい人の情に包まれた。

大切なのは、曲がり角を曲がる前に自分の頭とこころでどのくらい悩み、必死に考えたかである。紆余曲折は人生の常だが、他者の優しさばかりに救われてきたと思える自分の幸に今気付く。それは昭和の敗戦以降、私たち日本人が、かつてどこの国にも、どの時代にも存在しなかった、戦争完全放棄という国体を維持し平和を享受出来たからでもあろう。

今の日本、次の曲がり角の先には…。

「霜降」（二十四節気 十月二十三日）。木々の葉が紅くなり朝霜が降りる候。朝晩の冷え込みに、早や暖房器具などの冬支度が始まる。

（2014年10月25日）

「ウルトラＣ」…Ｑ先生の教え

体操の金メダリスト、内村航平選手の演技には「Ｆ難度、Ｇ難度」という神業のような技が続出する。昨今のスポーツ界の進化は目覚ましく、体操競技のレベルも昭和の時代とは隔世の感だが、五十年前の東京オリンピックのテレビ放送で、初めて使われた「ウルトラＣ」という言葉が私には懐かしい。

当時の体操競技の最高難度であったＣ段階を超えるレベルのことで、有力選手の「ウルトラＣ」の演技に日本中が沸いていた。今では誰もが知っている人気キャラクター「ウルトラマン」がテレビに登場するのはその二年後（昭和四十一年）のことでウルトラという言葉も目新しかった。

そんな時代、私たちの高校卒業の日、恩師のＱ先生が、「君たちは長い人生の中で自分だけのウルトラＣを演じる時がある。それが何かを考えて欲しい」と熱のこもった別れの言葉をくださった。これは私たち同窓生の後の人生観にしっかり埋め込まれた気がする。

「自分だけのウルトラC」とは、自分の限度（と思える境界）を少しばかり超えた努力のことだった。

「とっておきの大逆転技」という意味もあった「ウルトラC」の話で少し勇気をもらった私たちに、先生は、「その人にしか出来ない演技が必ずある。その人間は一人しかいないのだから」と続けた。先生に怒鳴られた者は多かったが、皆をじっと見ていてくれる先生でもあった。教室にギターを持ち込んでは叱られていた音楽好きのN君は文化祭のスターだったし、勉強そっちのけで野球に打ち込むS君は体育大会での凛々しい姿に全校生徒がほれぼれした。派手なパフォーマンスとは縁遠くても釣りの名人や虫博士もいたし、一年中冗談ばかりの明るいムードメーカーもいた。目を開けたままの居眠りの技で先生たちを感心させたツワモノすらいた。

そんなすべてを受け止めてくれたQ先生が何よりも私たちに意識させたのは、人目に触れないところで自分しか出来ない役割を果たしている者がたくさんいることだった。高校生ながら朝晩のアルバイトで、弟や妹たちの親代わりをしているK君、Yさんもいた。彼らはすでに少しだけ自分の限界を超えたところの「ウルトラC」を演じていたのである。同時代を生きる同級生同士がそんな自分の姿をお互いの脳裏に焼き付け合うことの素晴らしさを先生は教えたかったようだ。

そんな高校時代のある時、校則遵守と校内安全の標語コンクールがあった。『理科実験室　見せるな妙技　ウルトラC』。その時、第一位で表彰された友人I君の作品である。まさか半世紀後にこんなところで自作が紹介されるとは想像もしていないだろう（無断掲載で申し訳ない）が、大の国語嫌いだったが機知に富んだ一級の皮肉屋さんだということを見抜き、彼に投稿させたQ先生の眼力。教師はかくありたいものだ。彼らしく、やっぱり一位の作品だなと今でも思う。実は私の作品が二位だったのだが、比べればそのセンスにおいてはるかに劣るので紹介するのはいささか憚られる。

私にはそれこそウルトラマンとしか思えない、内村選手の床や鉄棒の演技に見とれながら遠い高校時代のあれこれを想いだした次第である。

「小雪」（二十四節気　十一月二十二日）を過ぎるとすぐに師走。月日の流れのあまりの早さに日々戸惑うばかり。

（2014年11月22日）

父母の年は知らざるべからず

来年の干支《えと》は、十干・十二支でいうと乙未《きのとひつじ》。群れをなし穏やかに生きる羊は、中国では古来、家族の絆と天下泰平をもたらす吉祥動物とされてきた。漢字にも、美、善、祥など吉運の意味をもつものが多い。年賀状を書くことも多いこの季節、そんな干支のことを学生たちに尋ねてみると、首をかしげる者が少なくない。「その年齢なら、お父さんは申年《さる》？、酉年《とり》？」と聞いても、あまりピンとこないようだ。中には父母の年齢や生年月日の記憶も少々あやしい者もいるようで、そうなると少しばかり老婆心が働いてしまう。彼らには、二五〇〇年昔の儒教の祖、孔子様の言葉を借りるのがよさそうだ。

子曰、父母之年、不可不知也、一則以喜、一則以懼（子曰く、父母の年は知らざるべからず。一《いつ》は則《すなわ》ちもって喜び、一は則ちもって懼《おそ》る。「論語」里仁 第四 二十一）

孔子は説く。父母の年を忘れるようなことがあってはならない。常に親の年齢を意識しておくのは、一つはその長寿を喜ぶため、もう一つは親の老いを気づかうためである。今の自分が昔の自分ではないように、親もまた昔のままではないことをこころに留めおくことの意味を教えている。

私たちは、親の老いを知って自分の若さに気付き、自分の将来を思うのである。例え亡くなった後だとしても、自分を愛してくれた人の年齢を追い数えることは、自分の過去と未来をみつめることに他ならない。そのようにして世代は連なり、人間の絆が紡がれていくのである。

今から四十年前の昭和四十八年。ＪＲ（旧国鉄）の電車に初めて「シルバーシート」が登場した。お年寄りの優先席である。日本中で核家族化が進行し、認知症（痴呆老人）をあつかった小説『恍惚の人』（一九七二年、有吉佐和子）が映画化され、大きな反響を呼んだ年である。高齢化社会の幕開けといわれたが、当時六十五才以上の高齢者人口は約七六〇万人、総人口に占める割合は七％であった。ところが団塊の世代が高齢者に仲間入りした現在、その数三二〇〇万人、比率は二十五パーセント、実に四人に一人、いずれ三人に一人が高齢者という時代に突入した。決して大袈裟ではなく、人類史上かつてどの時代のどの国も経験したことのない人口構成の社会がこの日本に誕生してしまった。

高齢者たち自身もさることながら、若い世代はいったいどのように生きていくのだろうか。アフリカでは老人が一人亡くなるのは図書館が一つ焼失するのと同じだと言い伝えられる。豊かな年齢を重ねた人間のこころには、若き日の試行錯誤と人生の紆余曲折が知恵の塊としてぎっしり詰まっている上に、老いた者にしか見えない未来の景色が映るからである。

まったく経験知のない超高齢化社会という未知の世界と対峙する時、私たちは老若の世代を超えて力を出し合い、自分たちが生きる社会を再構築しなければならない。今がまさにその時であろう。その力を生み出す源こそ、親や身近な人たちを想う、極めて日常的なこころの持ち方であるに違いないのである。日本国の未来がかかる今、民意から遠く離れた政争や、人心に棘刺すような国の舵取りが生みだすものは、日本の豊かな精神風土を放棄させる冷めた世相でしかない。

「冬至」（二十四節気　十二月二十二日）。柚子湯を立て、粥や南瓜で無病息災を祈る縁起日である。

（2014年12月27日）

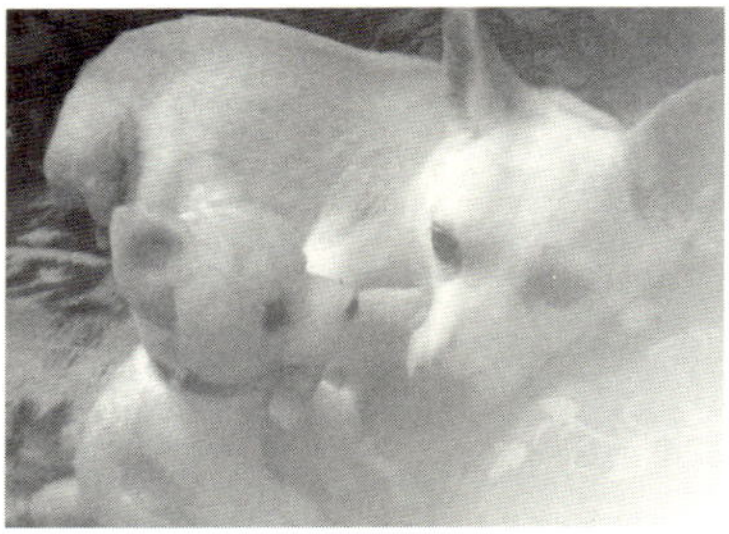

2015 年

人生が二度あれば…

風のない柔らかい陽ざしと凛とした冷たさの中に蝋梅が香る。生垣の山茶花は赤い花びらで地面を覆い、農道の土手にはもう水仙が咲いている。川は底が見えるほどに澄みきっているが小魚の姿はない。水が落ちる堰の手前は鏡のようで岸辺の竹藪と空を映し、微風に押された枯葉がゆっくり動いている。秋頃までは必ず迎えてくれたウシガエルの声も聞こえない。暦の上ではすぐに「立春」（二十四節気 二月四日）だが、我が散歩道はまだしばらくは冬の真ん中である。

今年の大河ドラマ「花燃ゆ」（NHK）の映像もまた萩地方のそんな里山の風景から始まった。イケメンスターが多く、トレンディドラマといった感じもあるが、さすがに明治維新の雄、吉田松陰（一八三〇〜一八五九）の周辺を描くだけに、味わい深い言葉の数々に出会いそうである。

書棚に松陰の『留魂録』があったのでページをめくってみた。安政の大獄に連座し処刑される前に、弟子たちや後世のために獄中で書いたものである。死ぬのは身体だけであり、魂は留まり続けるという気概の書で、時代を読み、人々のこころを鼓舞し、国の在り方までも変えてしまった文言の数々である。維新のエネルギーはそこから湧き出したのであるが、その『留魂録』を書き始める五日前に、松陰は、父、兄、叔父、実母、養母などの家族に、永訣書なるものを書いている。その冒頭に辞世の句がある。

親思ふ心にまさる親心、けふのおとずれ何と聞くらむ

子が親を思うよりもはるかに親は子を思うものだから、その子どもの死を親はどんなに悲しむだろうかと、親の慈愛の深さを詠みつつも、子が親を思うこころもまたにじみ出る。大義のための死を避けず一本道を激しく生き、妻子ももたず余りにも早く逝った若き松蔭に、一体、他の生き方はあったのか、一層の切なさがある。

時代はかわって今から四十数年前、昭和元禄と高度成長の終り頃。「♪父の湯飲み茶わんは欠けている…」から始まる井上陽水さんの歌、「人生が二度あれば」（陽水ファースト・アルバム「断絶」一九七二）がヒットした。誰もが一度はこころの中で呟くであろう想いがタイトルだっただけに、当時の陽水さんの優しすぎる歌い方と相まって、私たちのこころに強烈な印象を残した。

自分の人生も未だ定まらない無力感に苛まれながらも、老いていく父母の姿を寂しく見

つめ、今はまだ何もしてやれないけれど親のことはしっかり考えているんだぞという、当時の若者たちの回りくどいが精一杯の愛情表現に思えて大いに共感を覚えたものである。

もちろん親の愛はもっともっと大きなもので、歌詞にある、「仕事に追われ続けた父」も、「子どものためだけに生きたような母」も、仮にそうだとしても、親は決して自分の悔いを子どもに向けることはない。

親と子の確執で諍うことも多い現代社会だが、もし自分に守るべき大切な存在があり、もっとしてやれることがあったのにと悔いる気持ちがあるのなら、それはとても幸福で尊いことである。それを後悔の言葉にしては無意味だ。

人生は一度しかない。人生が一度しかないからこそ、「二度あれば…」出来たと思うこと、出来ると思えることを、私たちは、今しなければならないのである。それに気付いたその時に…。

（2015年1月31日）

顔施…笑顔の魔法

お布施。仏の道を易しく、また熱く説き続ける作家、瀬戸内寂聴さんの言葉の中に、「布施とは相手の欲することを与えること。物施もあれば心施もある。でも私が一番好きなのは顔施《がんせ》。にこにこと優しい表情を皆に見せること。顔さえあれば誰にでも出来ることです…」とあった。まさに然り。

どんな職場でも、学校でも、もちろん家庭でも、その笑顔を見るだけでまわりがとても和むような、そんな表情に出会うのは実に心地よいものである。一瞬の魔法のように場の空気が変わり爽やかさが広がる。そんな穏やかな笑顔でまわりに幸福感をあたえる素敵なお布施の出来る人の徳ははかり知れない。笑顔の豊かさはその人のこころの豊かさそのものが生みだすものである。選挙ポスターの作り笑顔にこころ動かされる者はいない。

野や山に咲く花もまた自然界の笑顔なのかもしれない。冬の寒さが残るこの季節は椿の花が私たちを惹きつける。江戸の世から愛好家たちによって改良された絢爛たる品種も多々あるようだが、里山の川辺や林の中に自生する藪椿くらいしか普段は目にしない。それでも雨や雪に濡れた濃い緑の葉の中に顔をのぞかす椿の赤色は本当に美しい。

茶道の祖、千利休（一五二二〜一五九一）は「花は野にあるように」と教えたというが、慎み深く、おごることのない侘びの風情をもつ椿の花が茶室に好まれる所以もよく分かる。いかにはかなくとも果たすべき命の輝きを決して失わない花々の、これもまた顔施にちがいない。

いつの世も無条件の笑顔を見せるのは幼い子どもたちである。お金もモノも、人を喜ばす言葉もまだ持たない彼らに、神仏が与えた天性のお布施の方法かもしれない。家族も家も戦火に奪われた中東諸国の人々や飢餓と感染症に苦しむアフリカ各地の惨状が連日テレビで流れるが、その中に無邪気な笑顔の子どもたちが映し出されることがある。幼くて戦争の意味が理解出来ずにいるのではない。肉親の苦痛と悲しみをしっかりと見つめながらも、まるで見えない神に導かれているかのように微笑んでいる。その優しく光る無垢な瞳は、私たちに人間のもつべき深い慈愛のこころを思い起こさせる。惨禍の中でなお尊い命をつむぐ子どもたちの、これもまた世界中の人類に向けた顔施かもしれない。

純粋な笑顔や無垢な瞳に出会うと人は皆、自らの内なる声に気付かされるものである。無意識に強欲しているもの、見過ごしている大切なもの、気がつきながらも見ぬふりをしていること。若い日には欲しくもなかったものにこころ奪われ、気にもならなかったことにこころ苛まれる大人たちは、純朴だった頃のこころを取り戻さないかぎり、世代をつなぐ顔施など到底おぼつかない。

何かが冷めた感じのまま、平成の世もすでに二十七年。次代を担う十代、二十代の若者たちが、もはや昭和を全く知らないことになる。激動の時代だった戦後昭和がその明るいエネルギーを保てた理由は、世界のどの国も持たない平和憲法に守られた、国家の笑顔にこそあったことを、あらためて彼らに伝えておきたいものだ……。

「雨水《うすい》」（二十四節気二月十九日）から「啓蟄《けいちつ》」（同三月六日）にかけ、昨秋の稲刈り後のままだった冬田にも耕運機が入りはじめ里山の景色も春の農作業へと少しずつ変わっていく。

（2015年2月28日）

閻魔帳

馥郁《ふくいく》たる梅の薫りがおさまり、やがて華やかな桜花が舞う頃までの間、大地が徐々に温もりゆくのを感じさせるのが菜の花である。里山周辺のどこの野にも姿を見る。しばらくはこの菜の花が春を案内するが、「野の花が暦がわり」という言葉もある。

辛夷《こぶし》や白木蓮などの早春の花が順に咲き始め、やがて沈丁花が甘く香る「春分」（二十四節気 三月二十一日）あたりを過ぎると、ひと雨ごとに暖かくなる菜種梅雨。大地の暖かさが春霞となって優しく微笑むように山の端を覆う。木瓜《ぼけ》の赤、連翹《れんぎょう》の黄、まさに絵暦をめくるように春は進む。日本人はこの美しい四季を友として暮らしてきた。

四年前、福島の人々はこの宝ものを失った。いかに頑丈な防潮堤を造ろうと、どんなに近代的な街をデザインしようとも、生まれ育った母なる大地を、人間が制御出来ない放射能汚染に奪われた苦痛と悲しみは、とてもはかりしれない。あまりにも残酷な古里、産土の喪失である。

戦後七十年。悲惨な戦禍を跨《また》いだ昭和という時代が平成の世に伝えるべきものは、まぎれもなく戦争の愚かさであろう。取り返しのつかない犠牲に日本人は学んだのである。その尊い犠牲がその後の平和を与えてくれたが、戦時下を生きた子どもたちもすでに傘寿を超え、その傷跡だけは見聞きした戦後世代すらほとんどが高齢者となった。

これからの日本を生きる若い世代が戦争の意味するところを学ぶには、もはや歴史しかない。人類が人類として忘れてはならない事象は、その功績も過ちも、必ず先人の足跡として残っているからである。人がその解釈を誤れば次代への犠牲が必ず繰り返される。

地震国日本の国土の危うさも経済重視の政策も、それ自体の問題より、それを直視せず、ごまかし隠す愚かさが天災に人災を加えてしまうのである。東北の悲劇はそこにあった。この教訓を生かさない限り、再び大きな禍根を将来に残すことになろう。その罪は限りなく重く、今、平成の時代を生きる私たち全ての国民の責任である。

日本人は今、美しい四季を愛するごとく、穏やかなこころでものごとを考えることが出来ているだろうか。憲法も、教育も、エネルギーも、もちろん経済も国家の土台たる重大事ではある。しかしゆっくり考える余裕もなく、十分な理解も出来ないまま、国民はただ政策への同意と返答を急き立てられている。

核の恐怖から目をそらす原発の推進。子どもにはこころの教育を説きながら、大人はすべて経済優先。華やかで国威を感じさせる五輪招致にしても、関係者の歓喜の顔ほどには国家の現況はそぐわない…どうもチグハグである。

東北のニュース映像の中で小村の道端に誰も愛でる人のいない菜の花が咲いていた。今、日本人は思考のすべてを一旦「フクシマ」に視座をおいてみたらどうだろう。とても踏み出せないはずの一歩を、片目をつむって飛び出そうとしている姿のあまりの多さに気付くのではなかろうか。

閻魔帳とは、地獄の王、閻魔様が亡者の生前の罪悪を書き留めておく帳面のこと。昔は学校の先生が生徒の成績や日頃の行いを書きとめたものをそう呼んだが、子どものお勉強ぐらいなら罪はない。しかし、国家の在り方を採点するとなると、果たして今の日本、閻魔帳にはどう記帳されているのだろうか。


(2015年3月28日)

こころの旅路

昔、学生時代に名画専門館で「心の旅路」（一九四二 米）という古い映画を観た。主演は「コールマン髭」で知られた、口ひげの似合うロナルド・コールマンと、「キュリー夫人」などを演じた名優グリア・ガースンだった。戦争で記憶を失くした兵士と運命的に出会った女性の切なくもこころ温まる物語は古き良き時代の映画だったが、「心の旅路」という邦題はいつまでも私の記憶に残った。

人の一生は、生誕からこの世を去るまで、その長短はあっても決して途切れることのない時間の塊である。人のこころは、歓び、悲しみ、怒り、とても忙しい。ある時は考え抜いて道を切り拓き、ある時は死ぬほどに悩み自分を失ってしまう。人生とは、人間の実に複雑に連なったこころの軌跡である。

時の流れには間断がない。刻々と次の瞬間がやってくる。人が生きる旅路も一息として休めず、まして引き返すことは決して出来ない。今という時は瞬時にして過去となり、やってくる未来だけに対峙し続ける緊張感は小さくない。まるでサーファーが不規則な大波の動きを全身でつかみながら、果てしなく態勢を保ち続けるようなものである。バランスをこわしても、波がくずれてもボードから落ちてしまう。そんな至難の業を、さほど意識もせず、何げなく続けているのが私たちの日常である。

出張先の会議の合間に、「最近日がたつのが早過ぎる」ともらした同業者の言葉に、居合わせた数人が即座に同意した。一週間など、子どもの頃の一日のようにアッという間に過ぎてしまう。年齢を重ねた誰もが認める実感だが、そのわけについての明快な答えには未だ出会わない。その場は、「時間が縮んでしまったんだろう」ということになった。

そんなこともあって、帰途、空港での待ち時間に立ち寄った本屋で「時空がゆがむ」などという帯文に目がとまり、文系人間の私など普段は手にもしないような本を買った。量子力学や相対性理論などの現代物理学の分かり易い解説とあったが、時間や空間が伸縮したり捻じれたりと、難解さは変わらない。しかし、この日はあながち人のこころと無縁のものではないように感じたのである。

ゆっくり流れていた昭和の時間と、矢のように早く感じる平成の時間。年齢のせいとはいえ、時間の伸縮や密度も、巨大な重力に飲み込まれるブラックホールも、実に人のこころの中にこそありそうだ。しかし肝心なのは、人のこころの根幹にあるものは、決して消滅せず生き続けるということである。
先の映画の結末は、戦争での記憶喪失が二人の時間をゆがませたものの、人のこころに無駄な空白などありえず、失われた時間に生じた愛の記憶は生き続けているという映画的メッセージであったが、確かに、一旦素晴らしいものとして覚えたものは、ずっと人の記憶の真中に存在し続けるものである。だからこそ、人は自らのこころの奥底に一体何を抱いて生きていくのかを一所懸命に探し続けるのである。それが人のこころの旅路であり、生きることの妙でもあろう。

百穀春雨《ひゃっこくはるさめ》。農事にはありがたい「穀雨《こくう》」（二十四節気 四月二十日）の候だが、庭にでると、昨夜来の雨で風も冷たく早々に部屋に引っ込んだ。窓越しに眺めると、亡兄からもらったツツジが二～三輪開花していた。たまには古里や自分を思い出せよと言っているようだった。

（2015年4月25日）

初夏の匂い

緑輝くこの季節、草むらに寝転がり、青い空や白い雲を見上げたのはいつの頃が最後だったろう。神社の裏山だったり運動場の片隅だったり、子ども時代にはよくあった。ひんやりした土の感触や草の匂いが、初夏の陽の眩しさとともに私のこころの原風景に鮮やかに生きている。五月晴れの爽やかさに誘われて庭の手入れなどしていると、切り落とした枝葉や抜いた草の匂いに、遠い過去の記憶を呼び起こされる。

ぼんやりと昔を思いながら土をいじっているうちに、ふと現実がフェイドアウトし、過去の光の中にいるかのような自分に気付くことがある。少し不思議なのは遠い昔の記憶にはもう苦しさがともなわないことだ。思い出したくないはずだった出来事もさまざまな世俗の軋轢も、長い時間がそれを穏やかな光景に風化させてくれるのかもしれない。

私が生まれ育った家の近くに、「御花《おはな》」と呼ばれる旧柳河藩主立花公の別邸（柳川市・現在は「松濤園《しょうとうえん》」などが国指定の名勝地）があった。今思えば贅沢な話で、当時は私たち子どもの普段の遊び場だった。呼び名の通り、もとは殿様の花畑であり、春から初夏にかけては様々な花が咲きほこっていた。元伯爵家の西洋館とその庭園の風情は、少々大げさに言えば「光の画家」とよばれた仏印象派の巨匠クロード・モネの世界のようで、連作『睡蓮』そのままの池もあった。

花園の中には立花家専用の庭球場があったが、コートを持たなかった我が中学校のテニス部はそこを練習に使わせてもらっていた。入部早々に手首を骨折した私は、コートを囲む紫陽花の垣根に次々と飛び込むボールを探し、拾い集めるばかりの毎日だったが、初夏の陽ざしに光る草木の緑や懐かしい土の匂いは、汗まみれ、砂まみれの少年時代の捨てがたい記憶である。

先日、ある研修会で、ネット社会の凄まじい進化と怖さについての講演を聞いたあと、数十年ぶりに、懐かしい喫茶店（「照和」福岡市中央区）を訪ねた。井上陽水さん、海援隊の武田鉄矢さん、財津和夫さんのチューリップや甲斐バンド…皆さん本格デビューの前で、ビートルズに憧れた世代の青春のエネルギーが結集していた伝説の場所である。ライブハウスを兼ねた喫茶と食事の店だが、当時と同じ場所に健在だった。写真や色紙を見ながら、ひとしきり昔話の相手をしてくださった店主の女性がおっしゃった。

「あの頃はみんな泥臭かったもんね」…

やっぱりここには土や汗の匂いが残っていた。フォークギターの音が絶えなかった昭和のあの頃、学校にも、街にも、いわば人生の初夏を生きる若者たちの、少々泥臭くとも青々としたエネルギーがあふれていた。

何もかもがデジタル化され洗練され進化し続ける現代社会。スマホの画面に指を滑らすだけの読書では本の匂いすらない。人間が生きる空間に、あまりにも無機質な機械化が進んでは、未来を生きる若者たちのこころに素朴な産土の豊かさが匂う余地がなくなってしまいそうだ。

今、里山の周辺では灌漑用水路の流れが忙しい。原始的な配水のようで極めて合理的に計算された仕組みには、古人の尊い知恵を感じる。レンゲ草やウマゴヤシなどの緑肥を鋤き込んで耕された田が順に水鏡に変わっていき、あとは早苗を待つばかりの田園の初夏である。六月六日は二十四節気の「芒種《ぼうしゅ》」。

（2015年5月30日）

真実と事実

夏目漱石展（北九州市立文学館）をのぞいてみた。貴重な資料ばかりだったが、その中の一つが気になってしばらく足を止めた。イギリス留学中の漱石にあてた正岡子規の手紙である。「もう僕はダメになってしまったよ…」から始まっていたが、かねてからの持病が進行し死期を感じているのか、親友への冗談めいた言葉遣いがかえって、気弱になった様子を悲しくうかがわせていた。一方、慣れない外国生活と創作活動の停滞からくる余裕のなさで、つい返事を書かないまま子規が亡くなってしまったことを漱石は生涯悔いたようである。

実は少しばかり似た状況にある友人を持つ私にとって、自分の仕事と生活ばかりにかまけ、親友としての心遣いの手紙に対して長年の筆不精と無沙汰を決めこんでいたことが、今更ながら情けなく思えて、身につまされる文言だったのである。

この友人とは学生時代、何がこの世の真実かなどと安酒を飲みながら論じ合った。その頃、いきさつは忘れてしまったが、どこかの古い名画館で山本有三原作の映画「真実一路」（一九五四、松竹）を一緒に観たことがあった。真実一路を貫きながらも周囲の者を幸せに出来ない主人公の生き方を描いた少々重たい小説だが、青年時代にはそれこそ格好の論点であり、その頃のお互いの家庭の事情等もあって一晩中の議論となった。今から思えば他愛のない人生論や哲学談義ではあったが、その心意気は若々しく懐かしい思い出である。

当時の理解はずいぶん浅いものだったろうが印象的な言葉がこころに残った。劇中、「ただ隠したり、嘘を言っているのではない… そこには事実を越えた大きな真実があるのだ。事実を語ることは誰にでも出来るが、真実で押し通すことは、そう誰にでも出来ることではない…」という部分である。

「事実を越えた真実」、この言葉には未だに人間の難しさというものを考えさせられる。本来なら真実＝事実なのだろうが、現実世界ではそうはならないことが多いと作者は言うのである。事実とは正に現実に起こった出来事だが、真実は人間のこころを通して見える事象である。人のこころの不可思議さや複雑さを考えると、この事実と真実との兼ね合いが人の世を難しくもし、また優しくもする機微であろう。

私たちは誰もが人の世の現実に翻弄されることがある。「どうしてあの時あんなことをしたんだろう」、「どうしてあの時そうしなかったんだろう」と後悔に苛まれながらも、個々人の葛藤についてはそれぞれが黙って背負って生きているのである。しかし、今日本はこれからの日本を決めるいくつかの大命題に対し、まさに事実と真実があいまった真剣な議論が必要な時を迎えている。

そんな折、御年九十三才の瀬戸内寂聴尼が紙上で怒っていた。国会中継にみる日本のリーダーたちの幼稚にも見える言動や品格のなさに対してである。論争はいかに激しくてもいいが、相手を見下すような表情や軽い言動は見苦しい。思想の違いは問わずとも国政の重責を担う政治家の姿勢は、その命題の重さを思う時、どこまでも重厚でありたい。

青梅雨《あおつゆ》という言葉がある。新緑に降りそそぐ激しい雨に緑の色感がおおいに増す季節という意味である。「夏至」（二十四節気　六月二十二日）。

（2015年6月27日）

読書と歴史

本屋さんであれこれ好きな本を探すのは実に楽しいものである。昔は長い立ち読みなど店員さんの目が気になったものだが、今では店内に選書のためのソファやイス、子ども用のコーナーまで用意している大型店もあり、時代の変化を感じてしまう。膨大な書籍の数に読みたいものが多くて困るくらいだが、特に出張先の場合など、いつまたその本に出会えるか分らなく思えてしまい、結局重たく膨らんだバッグに閉口しながら帰途につくことになる。

活字世代のせいか、スマホやタブレットでの読書などまったく無縁であり、表紙や挿絵、紙質などの美しい装丁も、私にとっては手に取って初めて分かる本の魅力である。その結果、自宅の部屋は本の山となりいっこうに片付かないが、これまでに無数の本に出会い、はかり知れないほどのことを教えられてきたことは間違いない。

先日、昭和文学の巨匠、武者小路実篤（一八八五〜一九七六）の初期の作品『友情』の文庫本が書棚の奥で目に入り、懐かしさもあって、夜の眠気誘いにパラパラと頁をめくりながら床についたのだが、夜中に一気に読み通してしまった。随分昔に読んだので細部は忘れていたが、数十年前の読後感とは明らかに一味違う新鮮なものを感じた。これはいつものことで、若い日に愛読した本を再読する時には必ず覚える感触である。

青少年時代に読んだ本は、その後の生き方や考え方に少なからず影響を与えているものであり、時を経た再読は、それらを指針にしながら経験を重ねていった、自分の成長の過程と歴史を思い起こさせてくれるのである。

この世に生を得る時、私たちは親を選ぶことは出来ない。生きる時代も選べない。生まれた環境は千差万別、それぞれが背負う重荷もまるで違う。子らは皆、まずは親を慕い頼ることになるが、その後の生きる道は、それぞれが自分で選ばねばならないのである。しかし、生きる術を自分だけで獲得するには限界があろう。それを補ってくれるのが先人の尊い知恵である。前の世代を生きた人々は、次の世代にとっては言わば時を越えた共通の親であり、その叡智を知ることが歴史に学ぶということである。読書はその最も有効な方法の一つなのである。

小説や詩歌、ドキュメンタリーや論説、いづれにしても、古今東西の作者たちが命を懸けて世に訴える言葉には、私たちのこころが求めている人生の道しるべを、鮮やかに映し出してくれるものが必ず秘められているものである。

ところで、人が常に再読すべきもの、それは人間世界が歩んできた自らの歴史である。世界を見きわめ、そこに生きる自分をしっかりと意識するためである。自分が生きる時代と正面から対峙出来なければ、人のこころは決して安定しない。社会の混乱もやっかいだが、人のこころの混乱はさらに恐ろしいのである。

数百万人もの犠牲者を目にして初めて気づいた戦争の愚を日本人はもう忘れようとしている。取り返しのつかない原発事故の処理も出来ぬまま、その恐怖を覆い隠し、深刻化する貧困社会をよそ目に、莫大なオリンピック予算のお粗末な顛末に当事者たちだけが口角泡を飛ばす。歴史に学ばぬ恐ろしいほどの愚かさである。

緑陰《りょくいん》。真夏の激しい日差しを抜け、青々と緑なす樹陰に入ると、清々しい涼しさに包まれ生き返る。「大暑」（二十四節気七月二十三日）。

（2015年7月25日）

時の流れの中で

盆休みに郷里の柳川に帰省した折、実家にいる姉が保管していた私の青少年期の写真や書簡などをいくつか持ち帰った。

三十数年も寝たきりだった母が亡くなる前に私宛に書いていたという未開封の手紙もあった。床に臥せったまま書いたもので、以来、相当な年月を経て初めて読んだことになる。文面には息子の将来についての心配事や苦言が並んでいた。急激に時がさかのぼり、自分の生きてきた長い時間を実感した。

小・中学時代の年賀状や暑中見舞いの恩師からの返信には、葉書の狭いスペースに激励や思いやりの言葉が集約され詰まっている。今更ながら感謝の念がわく。中学一年時にクラスみんなで作った文集もあった。懐かしい「ガリ版刷り」だが、世界の平和を願う女子生徒の文など、今でも決して輝きを失わない瑞々しさである。何気ない日常を切り抜いた軽妙な詩や微笑ましい兄弟愛、等々、純粋な思いを素直に表現する同級生たちの文を一つひとつ読み返した。巻頭言を書いてくださった当時まだ二十代だった担任の先生の文も、私たち生徒に対する一生懸命な気持ちがにじみ出ていた。

忘却していた過去の豊かな時間を思い出す一方で、平和を尊ぶこころが徐々に薄れゆくような現在の日本に対し、何とも説明のつかない喪失感や焦燥感を感じるのは、私が年齢を重ねたせいばかりだろうか。人の世には時代の流れとともに姿を変えていくものも多い。しかし、過去も未来も変わらず生き続けるべきものもたくさんあろう。

先日、「放浪の画家・山下清展」を見たが、昭和が生んだ天才の作品の中、よく知られる「長岡の花火」（貼絵一九五〇）の展示に添えられたコメントが目に入った。「みんなが爆弾なんかつくらないで きれいな花火ばかりつくっていたら きっと戦争なんて起きなかったんだな…」

純粋に美しいものを美しく描き続けた画家の素朴な言葉にも、日本人が忘れかかっている敗戦によって得た平和の意味が、決して政治的な饒舌にはない重さをもって生きている。

暑さ和らぐ「処暑」（二十四節気 八月二十三日）。朝夕に涼風が吹き始めると、稲穂も重くこうべを垂れ里山には萩の花が咲く。去り行く夏の暑気と、来たるべき秋の冷気が交差する「行き合いの空」にはモクモクした夏雲は姿を消し鰯雲などの筋雲が多くなる。そんな晩夏の風景に車を走らせていたら、ラジオから井上陽水さんの歌が聴こえてきた。

「♪白いシャツ汚した いつでも気をつけて着ていたのに」（「ゼンマイ仕掛けのカブトムシ」一九七四）。

自分の子ども時代を思い出させるこのフレーズはいつも苦笑して聴いていた。新しい服や欲しかったモノを買ってもらったその日にかぎって汚したり失くしたりがとても多かったからだ。もっとも、陽水さんの繊細な感性からすれば、作詞のこころはもっと深いところにあろう。宝物にしていたゼンマイ仕掛けのカブトムシを引きずり回して壊してしまい、呆然としている姿の意味は、大切な人やもの事が自分のもとから去っていく時の、どうしようもない喪失感のことだろうか…。

さて、今の日本、軽々にして饒舌な平和論に重大な危うさを隠してしまう国家リーダーたちの弁が、我が国の平和で尊い精神文化を徐々に疲弊させ、やがて国民に何か大きな喪失感を抱かせることにならねばいいのだが…。

（2015年8月29日）

秋霖の候　台風一過に思う

最近までツクツクボウシの声が耳に残っていた気がするが、里山はすっかり秋の気配。聞こえてくるのは虫の声ばかり。「秋分」（二十四節気　九月二十三日）を過ぎれば秋は足早に深まり、やがて穏やかな陽光が障子を温める季節だ。

「秋の空気を写生する」という言葉がある。日本の四季はいずれも美しさに溢れているが、中でも豊かな実りが空気を彩る秋の風情は格別である。大自然の微妙な変化が日本人の美的感覚を大いに刺激する風物がつぎつぎと姿を現わす。例えば秋の田は稲穂が黄金色に変わるのと同時に音まで変える。こうべを垂れた稲穂は、サラサラ、ガサガサと乾いた音をたてて波うちながら風に騒ぐ。すでに刈入れの終わった田には新藁の匂いが懐かしく漂う。

また、この時期は雨の日が続く秋霖《しゅうりん》の季節である。夏から秋に移る気象不安定な時期で、時に暴風雨をともなう台風の嵐となり農事にも障りがあるが、古人はこれを野分といって、むしろその風情をおおいに愛でたのである。『源氏物語』や『枕草子』など、日本の古典文学ではその情趣を扱うものも数多い。「…いみじうあはれに をかしけれ」といった具合である。

自然災害の続く今日、いささか不謹慎かもしれないが、私の子ども時代は、恐い台風にも秋の風物としての楽しさがあった気がする。学校が休みになるかもしれないという、良からぬ期待もあったり、少なくともあの頃は今よりスリル（？）があった。なにせ最近は、台風よりはるか上空の衛星がとらえる映像が、その規模や進路を詳しく報じてくれる。

昔は、台風接近のニュースに対して、家中の者が手分けして庭木などの屋外の防備はもちろん、木戸や雨戸は板で釘打ちして固定した。昭和のあの頃はまだ、今のような堅牢な建材やサッシなどなかったから強風対策は大変だった。古い藁葺屋根の我が家では雨漏りへの備えも必要だった。停電に備えローソクとマッチを準備し、緊張感に身を縮めながらじっと台風の過ぎ去るのを待ったのである。

夜中まで家族が寄り添うことで、子ども心には少し楽しさもあった。そして台風一過。外に出てみると近所の人たちも道路にいて、倒れた塀や傷んだ垣根などを直したり、折れた木の枝やあちこちに散乱したゴミなどを片付けていた。その光景には不思議なくらいに澄んだ空気と明るい秋の空があった。

自然に四季があるように人生にも季節や天気があり、その風雨にしても心地よい春の霧雨や夕立もあれば、長雨に豪雨、凍てつく冬の氷雨もある。人には若々しくエネルギッシュな夏の季節から、出口の見えない悩みをかかえ深くもの思う秋寒の季節に移る時期が幾度もある。まさに人生における秋霖の候。私たちは、こころ不安定で暴風に晒されそうなそんな節目の時にこそ、秋の嵐すら優雅に愛でた古人のおおらかさを学ぶべきである。

自然を愛し、日々を情感豊かに生きることが、日常の苦難を緩和し、耐える力を与えてくれるからである。人は幾多の嵐を乗り越えるたびにまるで台風一過のような爽快さを躰に感じながら齢を重ね、さらに美しくしなやかに生きる術を磨いていく。

古来、二十才の美しさはさほど自慢にはならないが、六十才の美しさは魂からくる真の美しさだといわれる所以である。

虹を見たくば　雨に打たれよ…である。

（２０１５年９月２６日）

冬隣

夏の終わり頃から野ボタンの紫花が地に落ち続けている。樹木の陰でひそやかに蕾をつけていた紅白の秋明菊が背を伸ばし、ふくよかな花弁を並べる。やがて金木犀が薫り出すと秋はぐっと深まる。我が家の狭い庭でも秋の草木の表情はささやかな楽しみである。

「霜降」（二十四節気　十月二十四日）を過ぎればいよいよ冬支度。晩秋のたたずまいを美しく豊かに表わす季語、冬隣《ふゆどなり》の候である。先日、霜ならずとも急な冷気に身を縮めた朝、蝉の抜け殻がフェンスにしがみついていた。必死に生まれ出て、必死に鳴き続けて生きた一夏の名残りだが、そんな姿にふとものの思い、時には幽玄な世界にまでこころ彷徨う、今は秋思《しゅうし》の候でもある。近くの田んぼ道を歩きながら里山の風景に目をやれば、その向こうに映る、遠い昔の自分があれやこれやと思い出されてくる。

子どもの頃の秋の想い出は遠足だ。私たちの小学校の秋の遠足は山に決まっていた。少々大げさだが、私たちは山に恋い焦がれていて、山への遠足が嬉しくてしようがなかった。

郷里柳川は真っ平らな筑後平野にあり、四方八方、山などまったく見あたらない。標高数百メートルほどの山でもかなり遠方にしかなく、遠足の山も電車で行った。今調べると、せいぜい一二〇～一三〇メートルくらいの高さだったようだ。ふわふわの枯れ葉の上を走り回り、誰かがドングリの実でも見つけようものなら皆大騒ぎであった。だからであろう、今でも私は山を歩くだけでワクワクしてしまう。

そんな大切な大自然とともに、家も仕事も奪われたまま仮設住宅で暮らす人たち。東日本大震災から四年半、将来の暮らしが見えない彼らの苦しみがどれほど長く続いているか、遠く離れて住む私たちはつい忘れそうになる。

先日、ＶＴＲで「こどもたちのこころが折れていく」（ＮＨＫクローズアップ現代、二〇一五年三月六日）を見直した。数千億円の無駄すら軽い他人事のようなオリンピック招致問題などを思うと、遅々として進まない復興にやり場のない苛立ちを覚えてしまう。しかし、経済支援もさることながら、実は子どもたちはもっと違うところに傷ついていた。被災を悲観し悩みながら徐々に疲労していく親を見る苦しさである。

小学校低学年の子どもが母親の疲労を感じ取り、心配させたくないとけなげに耐えている。子の苦しむ姿を見る親の苦しさ以上に、親が苦しむ姿に傷つく幼子の姿は深刻である。この現状はもはやニュースや救済方法を議論する域をはるかに越えた、国家による喫緊の優先課題であろう。

昭和という時代は、先の敗戦を境に国家の体制や価値観、教育や生活が一変した。しかし今、日本は戦後を生きた七〇年を蝉の抜け殻の如く捨て去り、禁断のターニングポイントを曲がろうとしてはいないか。何兆円もの軍事費は捻出しても、天災、人災の被害者は救えず、武器を輸出しつつ平和の祭典オリンピックに浮かれる国と化したとすれば、終戦時以上の、精神文化と国体の変化、否、異変と劣化が起こっていることになる。

国家運営の頂点にある政界でも一昔前なら即引責辞任と思われる失言、暴言が繰り返される。よもや今が、日本国民の寒々とした心的風土への回帰を告げる冬隣の時期でなければいいのだが…。

（２０１５年１０月２４日）

人生の仮説

私にはピカソ（Pablo Picasso 一八八一～一九七三 西）の絵が分からない。世界的な画家だけに、その素晴らしさを理解出来ないのは情けないが、理由は恐らくその絵が写実から離れ、画家自身の内なるこころの発露に表現の重きが置かれているからだろう。実物以上にリアルな人物画や、本もの以上にイメージが膨らむ印象派の絵など、どちらかと言えば卓越した職人技を感じるものには大いに惹かれるが、現代的な抽象画はどうも難しい。

子どもの頃、水彩画を習った先生にも、「そのまま描くのなら写真をとればいいでしょ?」と言われたことがある。そうなのかとも思ったが、やはり釈然とはしなかった。ところが後年、倉敷の某美術館で観た若き日のピカソのデッサン画は、驚くほどリアルで精密なものであった。この描写力あってこその、ピカソのあの絵なのだと遅まきながら少し納得した。優れた芸術家がその作風を変えていく過程や、こころの内を表現する意味を考えさせられた経験だった。

私たちはそれぞれ「人生とはこういうものだろう」という仮説を持って生きている。それ自体は自然なことだが、問題なのは、その仮説が人生のステージや状況の変化に応じて変革されない場合である。人は年齢と経験を重ねながら成長しているのだから、それぞれの人生の仮説もまた折々に成長しなければ理にあわないのである。

先人の言葉に、「今うまくいっているやり方をいつも変えようと意識しておくことが人間の器量」とある。その柔軟性を持たず、生きる目標が不明では、人のこころに一種の混乱が生じてしまう。

昨今のテロや戦争など社会の混乱も恐ろしいが、こころの中に生じる小さな混乱もまた厄介である。すでに実体のない過去の怒りや後悔など、いつまでも引き摺れば、自分の人生と時間がその対象（者）に奪われてしまうことにもなりかねない。過去や未来は、美し過ぎて見えたり、逆に絶望的に見えたりするものである。過去を振り返りつつも未来を見据え、今、現在こそをしっかりと理解することが人生の仮説には不可欠の要件であろう。

夢が願望に変わり、人生の目標にまで高まる時、人は自分にとっての真実を発見するものである。しかし、真実はこころの内側に見るものだから、それは人の数だけあって、見極めるのは易しくはない。

昭和の知性、小林秀雄（批評家　一九〇二～一九八三）は、「人生の謎は、齢をとればとる程深まるものだ」と言う。その謎がいよいよ深まり、生き生きと感じられてくることを、逆に待ち望んでいるとも書いている。知的達人だからこその言葉であろうが、一方で、子どもは大人が考える程子どもではないように、大人もまた子どもが思うほど大人ではないことにも言及している。達観出来ない人間の生と業を考え抜いていたのであろう。

私自身はといえば、一日一刻を大切に生きねばと思う年齢になっても、いっこうに世事をさばけず、少なからぬ焦りを感じる毎日である。未だにピカソの絵は分からないし、人生の仮説にしても、新たな視座を探すことの難しさに苛まれ続けている。

今年、勤労感謝の日（十一月二十三日）は二十四節気の「小雪」にあたる。昔はこの日を新嘗祭《にいなめさい》の日といった。「日本書紀」にも記述が残る宮中儀式の一つで、その年の秋に収穫された穀物を神に献上する神事が全国各地でも行われた。

（2015年11月28日）

昭和の灯り

何かと気忙しい年の瀬は、いつも以上に車を運転することが多くなる。最近行き交う車を見ていると、今風のスポーティーなデザインのせいか、正面の顔つきがすごく恐く見えるものが増えた気がする。また夜間には、そのＬＥＤのヘッドライトは直視出来ないくらい眩しい時がある。運転者にとっての視界は良好でも、対向車には眼を刺すような強さである。

消費電力の少ないＬＥＤの発明は、現代社会のまさにノーベル賞ものなのだが、その光はどうも優しくない。住宅地の街灯なども、確かに明るくはあってもその光はとても冷たく感じる。いささかへそ曲がりが過ぎるだろうが、刺々しいヘイトスピーチや弱者切り捨てなど寒々とした今日の世相と、現代科学の成果であるはずのＬＥＤの鋭い光線を、つい思い重ねてしまった。

夜の帳《とばり》に家々からもれる灯り。懐かしい昭和の時代をイメージする光は、少々暗くてもどこか温もりを感じる、あの電球の色であろう。人は、神々しく柔らかな朝陽や暖かい夕陽の輝きに癒されるものであり、直視出来ない真昼の太陽を見つめる者はいない。

昭和のそんな優しい灯りを社会に点し続けた二人の人物が相次いで亡くなった。妖怪漫画家、水木しげるさん（十一月三十日没）と戦後焼け跡・闇市派を名乗った直木賞作家、野坂昭如（十二月九日没）さん。昔の裸電球や蝋燭の灯りが似合う方々であった。

昭和四十年代、放送作家や歌手などマルチな活動をする野坂さんの姿をテレビで見始めた頃は、黒メガネの変なタレントさんといった印象だったが、たまたま『骨《ほね》餓身峠死人葛《がみとうげほとけかずら》』という小説を読んで氏のイメージが大きく変わったことを覚えている。映画化もされよく知られている「火垂るの墓」の感性は、戦中・戦後を知る者ばかりでなく、現代人のこころにも深く浸み込んでくる。近年は平和や安全を粗末にすることの愚かさを訴え続け、そのコラムの文には私も大いに啓発された。いつも独自のカッコよさを保ち悲壮感の似合わない作家であったが、激変した国家体制と政治・経済の大きな波に、人心が深く交錯した戦後の昭和という時代が決して忘却してはならないものを、まさに命を削りながら書き続けた晩年だったように思える。

一方、水木さんが描く「妖怪横丁」の住人(?)である妖怪たちの姿は、どれも私たちの脳裏に焼き付き、そのまま日本人のこころの中に定着してしまったようだ。氏は何よりも、妖怪を描くことによって「目に見えない世界を信じる」という、日本人の豊かな精神風土を呼び起こし、人間が住む自然界の不可思議を真摯に畏れることと、それを育む様々なこころの原風景を私たちに教え続けてくれた。野坂さんと同じく、作品の原点には常に平和の尊さがあり、軍隊や権力者の持つ理不尽さへの反発があった。

戦後間もない時代に生まれ、先の戦争の意味をいくらかでも感じることの出来た世代としては、平和を尊び戦争を憎む彼らの叫びを暖かく優しい昭和の灯りとして、いつまでもこころに点しておきたいものである。

「♪もういくつ寝ると…」、今年もあと数え日を残すのみ。新しい服や靴など年末くらいしか買ってもらえなかった時代、子どもたちにとって正月はとても待ち遠しく、気持ちはずっと弾んでいた。二十四節気「冬至」(十二月二十二日)。

(2015年12月26日)

2016年

いつでも夢を…

♪星よりひそかに、雨よりやさしく…

なにげなく昔の歌を口ずさむ自分に気付くことがある。歌は世につれ、世は歌につれ、歌はその人の折々の時代を思い出させる。本格的なテレビ時代となった昭和三十七年にヒットした「いつでも夢を」（吉永小百合・橋幸夫）の出だしだが、若々しい歌声とともに、いっぺんに当時を思い出す。

経済成長の波の中、全国の都市は活気を増し、東京はすでに人口一千万人（当時世界初）を超えた。東京オリンピックに合わせる夢の新幹線も完成間近であり、国民皆が将来を夢見て駆け足で生きているような時代だった。そんな世相を反映してかこの年、子どもの好きなもの三題、「巨人・大鵬・卵焼き」という言葉も生まれた。卵焼きはともかく、巨人、大鵬、いずれも連戦連勝の強者の象徴であり、未来を夢見る子どもたちの憧れであった。

この頃世界では東西が緊張し、核戦争の恐怖キューバ危機、ベトナム戦争、そしてケネディ米大統領の暗殺まで歴史は大きく波打っていた。時代の流れの表裏には必ず次の世を予告する事象が並行する。

都市部の活気は即ち地方の過疎化と衰退、科学工業の進歩は公害や薬害を生んだ。あふれかえる戦後ベビーブーム世代の進学に、全国の高校は教室不足に対応を迫られるほどだったが、この人口構成のひずみには、すでに今日の少子高齢化の要因が潜んでいた。核家族化を予告したといわれる、「こんにちは赤ちゃん」（梓みちよ）の歌声が全国に流れ始めると、新しい家族観など日本人の価値観も人々の夢もまた変容していった。

子どもたちの夢といえば、思い出す映画がある。時代は少しさかのぼるが、今でも世の教師たちにその原点を思い出させる「二十四の瞳」（木下恵介監督　松竹　一九五四）の一場面である。教室での綴り方（作文）の時間、板書された課題は「将来の希望」だが、何も書けず泣き出す生徒がいる。子どもが夢を語れないほど寂しい時代はない。当時の人々の夢を阻むのは、ほとんどが貧しさと生活の苦しさにあった。しかし、彼らのささやかな夢が、さらに軍靴の音にまで翻弄されるのは、いかにも理不尽な時代の罪である。

夢を追う子どもたちの表情は、いつの時代も明るく豊かであるべきだ。私たちを包む大自然は、どこまでも悠然として変わることはない。変わり行くのはいつもそこに生きる人々のこころとその生き様である。先の見えない閉塞感の漂ういまの日本、子どもたちは本当の夢を追いかけているだろうか。　戦後七十年、悠久の時間からすればわずかな年月だが、そこから学ぶべきことは限りない。世相に潜む警告を見逃さず、未来を担う子どもたちが伸びやかに自分の夢を語る世界を目指すこと、それが歴史に学ぶということであろう。

余談ながら、古い映画の中の子どもたちはよく外を走り回っている。子どもたちの瞳の輝きは今も昔も変わりはないはずだが、野外を駆け回って遊ぶ子どもの姿が近年めっきり少なくなった。これもまた現代日本に潜む何かの兆しにも思えてくるのだが…。

寒の入り。寒々とした冬の夜空に、あまり眺めてはもらえない大きな月が浮かぶ。冷たく澄んだ光が、静まり返った里山と近くの家並みを照らす。二十四節気「大寒」（一月二十一日）。

大寒の大々とした月夜かな　　一茶

（2016年1月30日）

啐啄同時

春は旅立ちの季節。

多くの人にとってなんらかの決断を迫られる時でもある。人それぞれの人生、希望に心躍らせる人もいれば、そびえ立つ絶壁の前に立ちすくみ、時には千仞の谷を飛ばざるを得ない人もいよう。まるで荒れる春の気候そのままである。雪が解け春萌《きざ》す「雨水」（二十四節気二月十九日）の候とはいえ、雨はまだ冷たく草木が冬の装いを脱ぐのはもう少し先。昨日は気温がぐんと上昇し、春一番が吹き荒れたのに、今日は一変し小雪が舞っている。

春風、春光と春の色合いはとても暖かいが、冷たい霙《みぞれ》、霰《あられ》、雹《ひょう》もまた早春のもの。余寒、春寒、梅、鶯と春は一進一退でやってくる。やがて天神様・菅原道真公の命日（二月二十五日）の頃ともなれば、さすがに各地の梅花が凛として春暁を知らせてくれるだろう。時候もまた一つひとつその与えられた天の適時を守って生きているのである。

米アップル社の創設者の一人として名高い、スティーブ・ジョブズ氏（一九五五〜

二〇一一）の言葉に出会った。死に直面した病の日々を振り返っての人生論だったが、すでに彼は十七歳の頃から数十年間、毎朝鏡に向かい自分に問い続けていたという。「もし今日が人生最後の日なら、今日これから自分がやる予定のことを本当にやりたいと思うだろうか」と。

人間に与えられた時間は限られているから、他者が押し付けるドグマ（無批判な固定観念）に囚われたら、絶対にいけないという。それは他者の思惑の中で生きることになるからである。茶聖千利休の「一期一会」にも通ずる世界観である。

禅の言葉に「啐啄同時《そったくどうじ》」とある。鳥の雛がそろそろ外に出たいと卵の殻を内側からつつく「啐」と、親鳥がすかさずその箇所を外側からつつき返してやる「啄」が同時であることをいう。その時うまく殻が破れ、無事雛が産まれ出るわけである。何かを生み出そうとする双方のこころの条件が、タイミングよく合致するという意味である。

学びの場であれば、教える側と学ぶ側の気持ちがそろう瞬間のことであり、その時こそが、人が真に学びたい時であり、学ぶべき時なのである。もちろん学問にかぎらず、人生の様々な場面でも然りである。万事において機が熟すれば、必ず何かが生まれ、何かに出会い、探し求めていた道や方法も自ずと見えてこよう。これもまた「一期一会」の生き方を貫いていればこそ得られる真理であろう。

様々な学びによって人間形成がなされ自ら成長していく過程を、教育用語では「陶冶《とうや》」という。黙々と土をこね釉薬を工夫し器として丹念に焼き上げていく「陶」。原鉱石から金属を抽出し、形ある鋳物にまで仕上げていく「冶」。成果が出るまでにはいずれも大粒の汗が流れ、長い時間が必要だ。無駄にも見える回り道をしながら、汗と涙を流す時間が人間の成長には不可欠である。

自分自身を省みれば、若い頃にもう少し勉強の汗を流しておけばよかったと遅まきながらつくづく思う。しかし、人間の陶冶が生涯を通しての己の学びによって継続するものであるならば、誰であろうとも無性に何かを学びたく思えてくる時、「啐啄同時」とはなんとも嬉しい言葉ではないか。

私たちが今こそ学びたいと熱望する時、まさにそれに応えてくれる先哲や、共に学び教示してくださる師たる人たちが、この世には数えきれないほどいるはずだからである。

（2016年2月27日）

桃始笑（ももはじめてわらう）

移りゆく日本の四季の流れを二十四に分割したものが「二十四節気」。さらにそれをそれぞれ細かく三分割したものを「七十二候」という。一年の気候をわずか五日ごとに追いながら四季の変化を味わう言葉がなかなかに美しく楽しい。

三寒四温で徐々に春めいていく三月、冬ごもりしていた虫たちがゴソゴソと動き出す二十四節気の「啓蟄」（三月五日）の候であれば、初候「蟄虫啓戸（すごもりむしとをひらく）」、次候「桃始笑」、末候「菜虫化蝶（なむしちょうとなる）」となる。花鳥風月にとどまらず、野辺の草花や土中の虫たちにまで繊細なこころを向け、日々変化する自然界の豊かさを優しく愛でながらも観察眼が鋭く光る表現は、人の世を育む大自然への感謝と慈しみのこころに溢れている。

いずれも里山の春を告げる情景だが、「桃始笑（ももはじめてわらう）」などの言葉遣いが実に味わい深い。花が咲くことを花が「笑う」と言った古人の感性と審美眼には今更ながら驚く。弥生時代から、日本に生きる桃の木は枝に沿って多くの花を咲かせることから、霊力をもつとされ安産や魔除けの神木とされた。女の子の桃の節句も、自然とともに生きる人間の営みに四季の流れがしっかりと結びついているのである。

その桃の木を探して町内や周辺の山里を歩いてみたが、桃の木はなかなか見つからない。やっとある農家の敷地の端にまさに桃色の姿を見つけ、家の方にお願いして写真を撮らせていただいた。その風情はいかにも暖かく、辺り一面に春の香りを漂わせていた。

ところで今、一億円超の賞金を賭け、米グーグル傘下の企業が開発した人工知能と、世界トップ級の囲碁棋士（韓国・李セドル九段）の対戦がソウル市内で行われている。初戦からすでに人間の三連敗で五番勝負の負けが決定した（三月十三日現在）。チェスや将棋に比べ、はるかに深く複雑な囲碁では、その感性や美学まではコンピュータが理解出来ず、人間が負けるのはまだ十年は先と言われていた。しかし、もうその日が来てしまったようだ。

膨大な対戦記憶を蓄積し自ら学習し進化していくソフトであり、人間の直感に近い能力すら持つらしいと聞くと、いささか空恐ろしくなる。これまでは人類と自然との二者の関係が地球の歴史を作ってきたが、今そこに人工知能という第三の存在が入り込んできたのかもしれない。

「花が笑う」と古人が言うのなら、美しい笑顔は現代でもその人の開花の瞬間である。桃、梅、桜が、その木肌も葉も花も違うように、人生の開花もまたその時期も咲き方も様々である。神童、才女と年若くして開く花。地道な努力で遠回りし、四十、五十に至ってやっと咲く晩成の花。時には、人生の最終盤において初めて満開の花を咲かせる人もいよう。人生の妙である。

私たちは、それぞれの人生の花が優しく笑い満開する社会を求めてやまない。大自然に咲きほこる花々のような人間の美しい笑顔や楽しい笑い声が、人工知能に負けることは未来永劫決してないであろう。

今日、ヘイト・スピーチまがいの言葉が飛び交う政界や、乱暴で貧弱なお笑いばかりのタレントたちの喧騒がメディアに目立つ。人は日々もっと優しい言葉の語り掛けに微笑むべきである。特に未来を生きる若者たちは、例えこころは泣いている時でも、いつか「桃始笑（ももはじめてわらう）」日がくることを願いながら……。

（2016年3月26日）

踏青

光と風に誘われる春。田畑の上空に雲雀がさえずり出すと、暖かい南風が嬉しくなる。この季節、「踏青《とうせい》（青き踏む）」という言葉がある。春の野山に出かけ若草を踏んで遊ぶといった意味だろうか。萌え出たばかりの若草はとても柔らかくてしっとりしている。

私の子ども時代は、ちょっとした草っ原があれば、男子は相撲をとって寝転がり、女子は草花の飾りを作りゴム飛びをして遊んだ。娯楽が少ない時代だったが、遊びはいくらでも自分たちで作り出したものである。今は屋外で遊ぶ子どもたちの姿が少なくて寂しい限りだが、「穀雨」（二十四節気　四月二十日）を過ぎればすぐ五月の節句。子どもたちが勉強する姿も頼もしいが、元気に遊んでいる時の笑顔はいつの時代も世の宝である。

このところ、スポーツ界での薬物使用や賭博行為の事件が相次いでいる。本人たちの自覚のなさに世間の非難が注がれているが、生半可な努力では決して届かないレベルにまで達したアスリートたちが、その選手生命を奪われるのはなんとも残念である。

そんな折、歯切れよくスポーツ界を切る人気のTVコメンテーター某氏の言葉に少し違和感を覚えた。「(処分対象の選手について)二十一才なんてまだ子どもじゃないですか、大目に見てやってくださいよ」の部分である。いつもは厳しい氏だが、選手の可能性と将来を惜しんでの言である。しかし、いくら日常がスポーツ漬けのストレスの中にあったとしても、二十才を過ぎた者を子どもと見るのはどうであろう。今日の社会全体がそんな感覚に変わってしまえば、選挙年齢の十八才引き下げなどまるで逆さまに思えてくる。若者に限らず私たちが犯す過ちのほとんどは、こころのどこかがバランスを壊した結果である。

儒教の祖、孔子（BC五～六世紀）の言をかりれば、師は、「十五歳で学問を始め、三十歳で独り立ちし、四十歳で迷うことがなくなり、五十歳にして自分の天命を知った」(「論語」為政第二)とあるが、私たちの人生、そのように順調なばかりではない。若いエネルギーの発露はさらに御し難くやっかいなものである。だからこそ家庭でも学校でも、人一人が真に自立するためには、親や指導者、周りの者すべてが、まさに地域社会総がかりで、自己制御のこころを熟成させるしかないのである。そしてその自律するこころは、誰かの強制や圧迫の中だけでは決して育たないものである。

晩春ののどかな里山を歩きながら、ふと思った。もし今日の若者たちの生き方に不具合が生じることがあるとするなら、意外とその原因は、柔らかく青い草を踏みしめる心地よさを足裏で覚える幼少時の経験などの少なさにあるのではなかろうか。子どもたち同士で、ケンカもしつつ思いっきり遊んでいる時間こそが、後の自分を生きる自律のこころを養う訓練に違いないからである。大地の力も借りた人間の成長の過程である。

とはいうものの、穏やかな老境に達すべきわが身を振り返ると、平常心を保つことすらままならないことばかりである。

かの孔子様は、「六十歳で人の意見を素直に聞けるようになり、七十歳にして自分の思うままに行動しても道を踏み外すことがなくなった」と続けるが、そんな境地など今の自分にはまるで覚束《おぼつか》ない限りである。

（2016年4月23日）

観音さま

夏に向かう陽気が、自然界に生気を吹き込み、森の木々は若緑の輝きを放ち、山がむくむくと大きくなっていく。

「小満」（二十四節気　五月二十日）の候、田んぼには水が引かれ、あちこちでカエルの大合唱が始まる。日没後の暗闇の中では、どのくらいの数なのか分からないくらいの騒がしさだ。人の気配には敏感なようで、まるで指揮官でもいるかのようにピタッと啼き止むが、足音が去ればまた一斉に騒ぎ出す。この季節、初夏の里山で繰り返されるのどかな自然の営みである。

そんな四季の移ろいも地震災害に苦闘する熊本ではこころ穏やかに味わう余裕は奪われているようだ。今も車中で過ごしているという知人は、目の前の情景が一瞬、現実のものとは思えない錯覚に陥ると力無げに話してくれた。

熊本城の姿も無残である。その圧倒的な勇壮さに魅かれ幾度となく訪れた城であるが、この季節なら、城内の楠の大木たちの新緑がひときわ瑞々しく、五月の青い空を突きぬくような若葉の勢いが城の雄大さを際立たせている頃である。難攻不落を謳われたこの城の魅力は、天守閣や櫓の雄姿もさることながら、周囲五キロを超える城郭や石垣の見事さにあった。敵兵の隊列を壊すための不揃いな巨石の石段も、汗をかきながら登るのがじつに心地よいものだった。

その惨状にこころ重くしていたところに、瓦礫と化した石垣から戦国時代に彫られた「観音菩薩」の姿が見つかったとメディアが報じた（五月十四日）。仏像を彫って供養する「板碑」と呼ばれる石碑のようで、築城の際に村中の大きな岩や石とともにかき集められ転用されたのであろうか。当時の人が家族や国の安寧を祈願していた観音像をどんな思いで戦《いくさ》城《じろ》に供出したのか、歴史の声が少し聞こえてくる気がした。

そもそも私たちが古城や古刹に惹かれるのは、その歴史が何百、何千年の時を隔てて現代人に語りかける声を感じるからである。

観音さまとは、仏教でいう菩薩であり、すでに悟りに至った如来に対して、未だ悟りを求める途にある存在とされている。その分、死が隣り合わせの戦乱の世にあっては身近な信仰だったかもしれない。人間界を見（観）ながら、その声（音）に応える観音さまが、十一の顔を持ったり、千の手を持つのは、人々の様々な迷いや苦しみに応じて化身し、救いの手を差しのべるという意味だそうだ。

私たちは、現実世界の喜怒哀楽に懊悩《おうのう》することが少なくないが、周りの人々に力を借りつつ、自身の心中をしっかりと観て、その真の声が聴こえた時、健やかなる時を奪還するものである。どうやら観音さまはすでに私たちのこころの中に在るということであろうか。

ともあれ歴史は一時も断絶することなく過去から未来へと連続する。現代を生きる者は過去を生きた者の声に素直に耳を傾けなければならない。その声は美しく優しく囁く時もあれば、耳に刺さる苦言もある。

今般の熊本の地のみならず、原発事故を伴った東北の地も、かつては豊かであった大地と人々のこころに未だ安堵の日々は戻っていない。

政界や経済界の止まない疑惑に、オリンピックの狂騒曲。歴史に学ばない愚と悲劇を私たちは繰り返している。


（2016年5月28日）

慈雨

梅雨に入った。紫陽花はたっぷりと雨水を含み、いかにも重たそうな顔で咲くのが風情である。咲き始めの白から、緑、青、紫、薄桃色への七変化は、花言葉で「移り気」などと揶揄される。水辺では、花菖蒲や杜若が、雨空の僅かな晴れ間の光にその姿と色香を競いあう。

日本の四季は、軽やかで華やぐ春暖の候を過ぎても、燃える夏を迎える前に必ず梅雨という暗鬱《あんうつ》で肌寒い雨季を経なければならない。しかし、この雨こそが大地に生気を吹込み樹木や農作物の成長をうながす、まさに稲作民族にとっての尊い慈雨なのである。

日本の風土には欠かせない特別な時候としての、この雨季が美しい四季の流れに果たす意味を、大自然の絶妙な機微として受け入れながら、悠久の時を経てきた日本人は、いつしか自然ばかりでなく、人心の曲折に対しても柔軟で潤いのあるこころを持つようになったのであろう。

久しぶりの休日、雨で庭にも出られず外出も億劫で部屋の整理など始めたが、書棚の奥に隠れた数冊の本が目につき手に取った。今でも書店に行くたび何らかの本に興味を持ち購入するが、実は現在読みたいのは昔買った古い本である。すでに一度や二度は若い頃に読んだ本の読み返しが、今、格別に楽しいのである。

時間を忘れ読み耽っていると、窓の外の雨音が読書の空間を優しく包み込んでくれていることに気付く。雨天がもたらした休みが、日常の喧噪とノルマに埋没している者に穏やかでぼんやりとした時間を与え、否応なくもの思う時間が提供されるのである。

子ども時代や青年の日々から今日までの長い時系列すらやや混沌とし、まるで異空間にいるような錯覚と妙な心地よさを覚える。じっくりと思索せよと雨音に言われているようで、晴耕雨読の意味を少しばかり実感するのである。そんな雨も時として敵役となる。外出や旅行で嫌われるのは人間様の我儘勝手にすぎないが、自然を恐れぬ人間の驕りへの警告のような豪雨が、突如として人々の生活を破壊するのも毎年のことである。

子どもの頃、私は大雨の日が怖かった。家中の者も雨が止むのを祈った。長年、床に伏したまま自力では歩けない母がいたからである。我が家は街並みの四方から雨水が流れ込む低い場所にあり、浸水が迫る時など、どうやって母を運び出すか家族はいつも不安であった。築百年をこえた古家だったので、雨漏りもあった。洗面器やバケツ、雑巾などで雨水を受ける風景は、戦後昭和のあの時代、それほど珍しい風景ではなかったが、なんとも情けなくも、今となっては懐かしい思い出である。

さて、大雨一過、家中に安堵の笑顔がもどり爽やかな風が陽光と共に吹き込んでくる。やがて入道雲が湧き上がり、子どもたちが待ち望む暑い夏の到来である。

春夏秋冬それぞれに大自然の美があるが、梅雨の候なくして日本の四季は完成しない。人生の四季もまた同様。どんよりした暗い雨季にこそ、むしろこれに親しみ、じっくり思索し、それが尊い慈雨であることに気付く生き方をしたいものである。きっとその先には…。

そういえば紫陽花のもう一つの花言葉は「辛抱強い愛情」であり、花菖蒲、杜若は共に、「うれしい幸運の知らせ」である。まもなく「夏至」(二十四節気　六月二十一日)。

(2016年6月25日)

夏の庭

我が家の庭には蜥蜴《とかげ》がいる。十センチくらいの小さい日本蜥蜴で、二、三十年も前からチョロチョロ動き回る姿を見ているから、もう何代目にもなるのだろう。狭い庭だが、先頃、植栽や庭石の造作を変えた際、巣に触ったのか彼らが大騒ぎするのを見た。快適な棲み家を壊したようで少々気になっていたが、梅雨の晴れ間、青紫蘇の葉の上にいるのを見て安心した。いつもは人が近づけば素早く逃げるのだが、正面から向き合うとじっとして動かず、恐竜さながらの顔でこっちを見ている。わざと立ち去るふりをすると、そっと動き出そうとするが、振り返るとまた固まったように動かない。まるで子どもの遊び「ダルマさんが転んだ」のようで少し可愛く思えてくる。

真夏の庭は、強い光のせいか不思議な静寂があり、いつかどこかで味わったような感覚がふとよみがえる。一瞬で五十年も前の自分に返ることもある。

随分昔のことだが、父の作った投票箱を思い出した。大工としてはすでに老齢となっていた父に、片手間の仕事を回してくれた人がいたのだと思う。
ジュラルミン製などない時代の木の投票箱の製作だった。父は隣町で木材を仕入れ、釘を使わない組細工の木箱を数個作った。砥粉《とのこ》で丹念に粗目を詰め、木目を生かし、ニスで仕上げて納品した。選挙日、私と姉は勇んで「父ちゃんの作った投票箱」を見に行ったのだが、会場に設置されていた父の投票箱は全部、糊付けされた白い紙で覆れ、表には大きな墨汁の文字が見えた。

この一件は長く私のこころに残った。確かに父の仕事は依頼者の注文と少々ずれている。父は何も言わなかったが、子どもながらに複雑な気分だった。職人としての父の仕事は本当に無駄だったのかなど、考えるようになるのはもう少し後のことだが、今ではこんな出来事の一つひとつが父から貰った大きな遺産だと思っている。

人の生きざまには矛盾や無駄が多い。不公平でもある。生まれる時代も国も、親や家庭も選ぶことは出来ない。しかし、私たちは誰もがそこを起点にして自らの人生をスタートさせ、こころの中にそれぞれの「内なる小説（inner novel）」を描いていくことになる。

本当の自分、他者に見せている自分、理想の自分、等々、時にこころ躍らせ、時に苦渋の物語を描いていくのが人生である。古人は、生きることの切なさや、淋しさ、苦しさは、出来る限り子どものうちに経験させせよと教えている。それこそが、自分の物語の裏面を支える原動力だからである。
夏の陽の下で蜥蜴や蟻など眺めているところにも静寂が戻り、柔軟な思考がよみがえる。そもそも、人の世で真に大切なものは、目には見えないものばかりである。絡み合う心情も溢れる情感も、決して人の目には見えない魂の活動である。日常の喧騒に埋もれ、目に見えるものばかりにこころ奪われていると肝心なことを見落としてしまう。
「人は何故親を敬うべきなのか」、そんな人間の原点にすら思いが至らなくなる。恥ずかしながら今になって少し分かる。自分の出発点である存在にしっかりと目を向け、自分の人生の確かな土台としなければ、その後の人生を豊かに組み立てることなど決して出来ないからである。

草木がいよいよ緑の勢いを増し、暑気沸き上がる「大暑」(二十四節気　七月二十二日)の候。

(2016年7月23日)

秋の声

夕立すら来てくれない猛暑だが、さすがにお盆の時期ともなると田の色合いも微妙に変り、トンボの群れが舞う山里では、朝夕の風に秋涼を覚える。

夏目漱石は、「肩に来て人懐かしや赤蜻蛉」と詠んだ。庭先でまとわりついては、いっこうに逃げる気配もないトンボを見ると、私も亡き父母や兄姉などを想う。祖先の霊を迎え、亡くなった人を偲ぶ盂蘭盆《うらぼん》の行事は、日本のこころがしっとりと息づく時だが、里帰りした若者たちの声が弾む夏祭りや花火大会の賑わいもまたこの季節の趣である。

やがてそんな熱い夏の宴も終わる頃、人はふと自分の生きざまを振り返り、何か理由のない焦燥感のようなものにおそわれることがある。そんな時、人は音なき音を感じ、声なき声を聞くのである。秋風の音でもなく、誰かの声でもない。

人のこころにしか届かないこの不可思議な大自然の気配を、日本人の繊細な感性は、「秋の声」としてとらえたが、実はこころの内にある人生の四季を逞《たくま》しく生きる力が静かに充電されている瞬間ともいえるのである。

今、リオ五輪で日本中が沸いている。体操競技で世界の頂点に立った内村航平選手。半世紀前の東京オリンピックで「ウルトラC」に感動した世代としては、難度FやGを連発する彼の演技はとても人間技とは思えない。

そんな選手たちの大活躍を報じる新聞やネットの記事では、大きな見出しや写真に隠れた素敵なエピソードに出会う。あまりに劇的な逆転優勝に、「内村ひいきの採点か？」とのメディアの質問に対し、内村選手に代わってその無意味さと非礼を一喝し、きっぱりとたしなめたのは、敗者のベルニャエフ選手（準優勝・ウクライナ）であったという。

過酷な世界で競い合う選手たちが、互いに尊敬し合う姿に感動し、そんな気高い精神が醸成されていく厳しい鍛錬の世界に思いを馳せる。巷に広がるヘイトスピーチや憎々しげで攻撃的な言論ばかりが目立つ政界などとは無縁の清々しさである。

命がけで戦う選手にとって、勝敗やメダルの色に重みがないはずはないが、結果にかかわらず、彼らが必ず口にする言葉は「感謝」である。関わった人たちへの感謝の涙には、そこに至るまでの時間の濃密さを感じる。美しく輝く彼らの表情は、無力感に襲われた日々に幾度も聞いたであろう、声なき声が与えてくれた人間力のなせるものである。

孤独に耐えた者にしか届かない内なる声は、いつの日か天の声となり、折れたこころを再生させる力として蓄積するのである。これは決してアスリートたちばかりのことではない。時に辛苦の季節を過ごす私たちも、人生折々の「秋の声」をしっかりと聞き分けながら、こころの四季を生きぬく力を蓄えていかねばならないのである。

学生時代の自分を少し思い出す。

日本のGNPはドイツを抜き世界第二位となり、人類が初めて月面に立った（米宇宙船アポロ11号）。大学紛争が全国に広がり、東大の入試は中止。ベトナム反戦運動の激化に世界の大きなうねりも感じていた。しかし、私には自分の未来など全く見えず、時代の活気と喧噪の中、「秋の声」ばかりがいつも耳の奥に聞こえていた。

その内なる声が悉《ことごと》く今日までの自分を支え続けてくれたことを、今、実感する。

「処暑」（二十四節気　八月二十三日）。

（２０１６年８月２７日）

歳月人を待たず

古人の遺した言葉を知る楽しさは格別である。

最近、子どもの頃から聞きなれたことわざ、「歳月人を待たず」の解釈の違いに出会った。田園詩人と呼ばれた陶淵明（中国 魏晋南北朝時代三六五～四二七）の「雑詩」の中にある文言で、歳月の流れは速く、人はすぐに老いてしまうから、時間を無駄にせず懸命に勉学に励めという意味だと思っていた。この箇所の前に「時に及んで当に勉励すべし」とあるため、一般的にそう解釈されてきたようだが、あらためて詩全体を読んでみると、少しニュアンスが違うことに気付く。人生は短いのだから、元気なうちに親しい人たちと酒など酌み交わし、おおいに楽しむことに「勉め励め」と言っていることが文脈から読み取れるのである。とても人間的で楽しい発見であった。

いずれにしても、これらの言葉が、今から千数百年も前の言葉であることを思うと、今更ながら人間の言葉の持つ果てしない生命力、言魂の力を感じる。

現代にもまた世紀を超えて生きるであろう言魂は生まれ続けている。今開催中のリオのパラリンピックで、義足のアスリートとして大会の連覇を狙うドイツのハインリッヒ・ポポフ選手の言葉に感動した。

「何かを失うということは、何かを得るということだ」「足を失ったことによって得たものがなんと多いことか」と彼は言う。

このような言葉はもはや単にプラス思考などといった類のものではない。八歳で片足を失い、十三才から始めた陸上競技で世界記録を樹立するまでに自己を高めた彼の苦労と努力など他者には到底はかり知れないが、何よりもその明るく聡明な表情から発信される言葉の重さに圧倒されてしまう。「貴重な体験から学んだことを伝えるのも、自分の使命…」と言う彼は、いったい何を見据えながら生きているのであろうか。彼には無為に流れる時間などなく、新鮮でしかも濃密な時間がゆっくりと流れているように感じられた。

人は歳を重ねると時の流れの速さを感じ、故郷や昔を想うことが多くなるようだ。私もまた、古里、柳河（柳川市）が産んだ詩人、北原白秋（一八八五～一九四二）の望郷の詩「帰去来」などを読み返すことが多くなった。

目がほとんど見えなくなった晩年、帰ってもその景色を見ることは出来まいと思いつつも故郷へのつのる想いが吐露されている。その情景は私自身の原風景とも重なり、一言一句がこころに響くが、この「帰去来」という言葉もまた陶淵明の詩に由来する。宮仕えにうんざりした陶淵明が自然豊かな田舎に生きようと多少強がりながらも「帰りなん、いざ」と意気揚々と故郷に向かう新鮮な気持ちを謳っている。

白秋の悲壮感とは少し異なるが、そんな発見もまた故事や古文に触れる面白さである。詩の冒頭「帰去来兮」を「帰へりなんいざ」と最初に訓読したのは、かの天神様、菅原道真公だという。

いつになっても知らないことばかりで嘆息のかぎりである。しかし最近は、知らないこととの出会いが少なからず喜びに変わってきた。過ぎゆく時間の速さは新鮮なものへの感動の量にかかっている。子どもの頃は毎日だった目新しい発見が少なくなった分、歳月はさらに人を待たない速度となる。せめて日々何かに驚くこころを持ち続けられたら、時間はもっとゆっくりと流れるのかもしれない。

秋分の日（二十四節気　九月二十二日）。

（2016年9月24日）

もののあはれ

先日、実家の玄関脇に紫式部が植えられているのに気づいた。艶のある可愛らしい紫の実が小枝にそって並ぶさまは、香気を放つ金木犀などとはまた違うひっそりとした秋の風情がある。

その名が由来する平安の女流作家、紫式部の『源氏物語』は、千年の時を経てなお日本の名著であるが、最初にその存在を世に知らしめたのは、「古事記」研究の第一人者でもあった江戸の国学者、本居宣長（一七三〇～一八〇一）である。単に長編の恋愛絵巻といった感もある『源氏物語』だが、その時代に思いを馳せ、時間をかけ、深く丁寧に読み込んだ宣長は、その注釈書（「紫文要領」）を著し、物語の全編を通して流れる作者の思いは、「もののあはれ」を知ることこそが、人のこころの価値だとしているところにあると断じ、ただその一心で、紫式部は書き続けたのであろうと結論付けている。

高校時代、私は、「古文研究法」（小西甚一　洛陽社　一九六五改訂版）という少し自慢の参考書を持っていた。専門書的装丁で受験用らしくないカッコよさに魅かれて買ったのだが、予想外に勉強にもすごく役立った。その序にあって、古文を習い始めたばかりの高校生のこころにもその意味がストンと腑に落ちた言葉があった。

「もののあはれ」である。

以来、この言葉はずっと私の頭の奥にあるが、現代社会はこの「もののあはれ」を感じるこころをどこかに置き忘れてきたかのように思えることが多い。「あ、あれ…」と、人がふと何かにこころ動かされた時に思わず出る言葉、「あはれ」は元は感動詞である。単に歌人などが用いる風雅な語彙というわけではなく、自然や生活の中で、万人が何かを感受すること、それがすなわち「もののあはれ」を知るということなのである。

日常のあらゆる事象に関わり、自分の人生の一部として味わうことが人のこころを豊かにしてくれる。だから、例え野に咲く花であっても、命あるものである限り、必ず持っているはずの何らかの意志をしっかりと受け止めることが肝要だと宣長は言う。私たちは目の前に対峙するものと真剣に交わり、その思いと本質を見極めてこそ、真に「もののあはれ」を知ることになると教えられたのである。

今になって江戸の学者の言に気付かされるが、今日、私たちは、日常のものごとをきちんと感じ取り、考え抜くことをいささか疎かにしてはいないだろうか。相手の思いを感じないまま拒絶する。相手の意図を知ろうともせず攻撃する。相手と交わることもなく切り捨てる。

これらは一体どこに起因する現象なのか。激しいヘイト・スピーチが収まらない一方で、他者への無関心や弱者に対するもの言わぬ拒絶も進行している。メディアでは、暴言、虚言を繰り返す国政の責任者たちの顔が連日メディアに映し出されながらも、当人たちはまるで意にも介さない表情である。そのおぞましさには、かつては「恥」を基盤にした誇りこそを国民性とした、日本の精神風土がすっかり消滅していく予感すら覚えてしまう。

「寒露」（二十四節気　十月八日）を過ぎ、急に秋めいてきた。今年は、秋の長雨に台風が加わり、あちこちで収穫を急ぐ農家の繁忙が目についた。刈田の落ち穂を啄ばむ雀の群れが飛び交う里山に立ち、澄み切った秋の空を見上げると、凛とした空気で胸が膨らむ。

（２０１６年１０月２２日）

こころの会話

「失敗は 私に 私の一番いけないところを教えにきてくれた 大切なお使い」

これは東井《とうい》義雄（兵庫県生まれの教育者一九一二～一九九一）の言葉である。浄土真宗の僧侶でもあった東井先生は、長年、小学校教師を務め、多数の著書とともに教育的示唆に富む言葉をたくさん残した。いわば伝説の教師の一人であるが、その名言集の一部を教職課程の授業で紹介した。その中で多くの学生たちが感銘を受けたとして選んだのが冒頭の言であった。学生それぞれ解釈の違いはあっても、教育界の大先輩の知恵との、時を越えたこころの会話が立派に成立していた。軟弱だと思われがちな現代の若者たちの前向きな感性と、その謙虚な姿勢はなかなかのものに思えた。

人生に失敗はつきもので、私など、忘れたくて布団をかぶって寝てしまいたかったことも数知れない。過ぎたことはどうにもならないのだが、やはり悔悟の念に苛まれる。かといって、自分の直すべきところを教えにきたこの使者を、人は粗末に追い返すわけにはいかない。自分が引き起こした事態を直視し、何らかのふんぎりをつけて生きていかねばならない。この世に生を受けた以上、人は一時も生きることを休むことは出来ない。ましてや引き返す道はないが、絶望しながらもなお前に進む力を与えてくれるのは、人間のもつ若い生命力である。

齢を重ね、時を経て思えば、若き日の失敗や後悔など何ほどのものでもない。悩み、苦しむこと自体、若いエネルギーの発露だからだ。しかし、もし、人がその若さを失い、身体もこころも思い通りには動かせなくなったらどうだろう。

例えば高齢化。今日の日本では「介護」という社会的な機能が不可欠な時代となったが、これは決して高齢者やハンディを抱える人たちに限ることではなく、現代人のこころの繋がり方の問題としてとらえるべきものである。人が他者に対し、「介して護る」ことの意味はとても深く大きい。

「介」とは、入り交わることだが、生きることに援助を必要とする人たちは、身体以上にこころが動きにくい。時として容易には開かないこころの内側に入り、喜びや悲しみ、悔恨や夢、その懊悩にまで触れる時、初めて真のこころの会話が生まれ、他者の心身を本当に動かすことが出来るのである。他者の日常を支えるということは、人の生の尊厳を「護」ることに他ならない。

私事で恐縮ながら、この数年の間に兄と姉を失くした。自力での心身の制御が難しくなった頃、手を握ることとくらいしか出来ない私には、目を閉じている当人の脳裏にどんな景色が浮かび、何を想っているのかは分からなかった。しかし、若い頃の苦い失敗でも思い出しているのか、時おり眉間に皺を寄せたり、頬がゆるんだり、消え行きながらもこころは確実に動いているのを感じた。

静かに旅立つまで、返事はなくとも、こちらの思いはすべて届いている気がした。音もなく、言葉もない、こころだけの会話ではあったが…。

東井先生の言葉をもう一つ。

「悲しみをとおさないと見せていただけない世界がある」

若々しくも傷つきやすく、自分の大きな可能性にも気づかず、現実ばかりに煩悶《はんもん》しながら生きる若者たちに、ぜひとも伝えたい言葉である。

「小雪」(二十四節気 十一月二十二日)。

(2016年11月26日)

耳を澄ます

今年のノーベル文学賞を受賞した七十五歳のシンガー・ソングライター、ボブ・ディラン（一九四一〜米）は、二十二歳の時リリースした「風に吹かれて」を歌いながら、世界中から聞こえてくる悲しみの叫び声をしっかり聞き取る耳をもつことを訴え続けた。音楽家が文学賞ということで話題になったが、現代社会に対する強いメッセージを発するアーティストが文学の範疇で認められることに、さほどの違和感はない。同じ文学賞受賞作家であったドイツの詩人、ヘルマン・ヘッセ（一八七七〜一九六二）も、「詩は音楽にならなかった言葉であり、音楽は言葉にならなかった詩である」といったくらいである。

現代人の生きざまを問い続けるディランのこころの叫びに対して、私たちはちゃんと応えることができているだろうか。今は本棚の奥にしまい込んでいた古いＬＰレコード盤のジャケットを見ながら、いささか老境の風貌となったかれのノーベル賞受賞を思った。ディランと同様、世界の平和と人間の生きざまを書き続けたヘッセには、『人は成熟するほど若返る』（草思社文庫）という晩年のエッセイ集がある。読み進めるといささか驚く。人生の終盤に至ったヘッセの人生観が、あまりにも若々しく生気に満ちているからである。彼は美しい大自然の移ろい行く姿に人間の生を重ねてその若々しさの歓びを描いたが、老いにもまた激しい欲望と大いなる充実感があることを教えてくれる。それは、記憶と想像力という豊かな人間の叡智から生まれるエネルギーである。

もはや戻っては来ない遠い過去も、その記憶を辿れば、若い日々以上に、香しく匂い、色鮮やかに現在の自分に甦るのである。すでに存在しない夢想の世界に、私たちのこころは騒ぎ、満たされ、時としてときめくことすらある。むしろ、メディアに流れる乱暴な言葉と殺伐とした人心に歪む現代社会の現実こそを、厳に自省すべき時代である。私たちの歩むべき道を指し示してくれた先人たちの尊い言葉や切なる願いが、いかに聞き逃され、蔑ろにされてきたかを今、痛感する。

若き日のディランが切ない歌声に込めて人々に求めた耳を、あとに続いて生きてきた私たちは持つことができたのだろうか。世界の国々は過去の過ちを振り返り、平和の尊さに気づいただろうか。哀しみの声に耳を澄まし、人々の言葉は優しさに溢れたものに変わっただろうか。時代の声、社会の声、他者の声、時に自分の内なる声や天の声。風に吹かれてやってくるそれらの声をキャッチするのは、私たちのこころの耳である。

若々しかった頃の繊細で鋭敏な耳はもう失ってしまったかもしれないが、もし時の流れと齢がそうさせてしまったのなら、いまこそもう一つの耳を働かせなくてはならない。ヘッセのいう、成熟した人間として新たに獲得した、若返った耳を澄ますのである。

人間の愚かしさがいかに多くの人命を奪ってきたかを歌に託したディラン。その声がまるで聞こえない耳では、私たちはいつかまた悲劇を重ね、国家すらも滅ぼしてしまうことになろう。

陰の気がきわまり、陽の気にかわる一陽来復の吉日が、「冬至（二十四節気）十二月二十一日」。悪いことが続いた後に、ようやく物事が良い方向に向かうとされるこの日を過ぎれば、もう今年もあとわずか。

（2016年12月24日）

〈著者紹介〉

山田千秋（やまだ・ちあき）

昭和23年、福岡県柳川市生まれ。九州大学教育学部卒業。専門は教育学・教授法。昭和48年4月、東筑紫短期大学に奉職し、昭和63年教授。学生部長等を経て、平成16年4月より九州栄養福祉大学および東筑紫短期大学副学長（平成29年3月まで）。長年、教職課程を担当する一方で、自己実現のためのモチベーションの研究に努め、社会人や受験生に対し、イメージ・トレーニングを用いた教授法を実践。平成29年4月より東亜大学学長代行。随筆家。

昭和《しょうわ》の忘《わす》れもの

発行日　2017年9月20日
著　者　山田 千秋
発行所　㈱ 梓書院
発行者　田村 志朗
〒812-0044 福岡市博多区千代3-2-1
TEL 092-643-7075　FAX 092-643-7095
URL：http//:www.azusashoin.com

印刷・青雲印刷／製本・日宝綜合製本